さざなみのよる

木皿泉

河出書房新社

目次

イラスト　古谷充子
デザイン　野中深月

さざなみのよる

第1話

○

「死ぬって言われてもなぁ」とナスミは思う。

今は亡き母の姉が、高齢にもかかわらずわざわざ遠方からやってきた。病室に入るなり、「ナスミちゃんッ！」と叫んで、小走りで近寄り、ナスミの顔を見ると「わッ」と顔をおおった。

「タカちゃん、ぜんぜん知らせてくれへんから」

と、ナスミの癌を知らせてくれなかったことによほど腹が立っているらしく、何度もうらめしそうにそう繰り返した。姉の鷹子が、この伯母に自分の病状を知らせたということは、いよいよ危ないということだろうとナスミは思った。

妹の月美は、この伯母のことを南京虫のオバチャンとよんでいた。父が亡くなって、その後、すぐに母が亡くなり、残されたのは高校生の鷹子と中学生のナスミ、それに小学生の月美の三姉妹、そして父の叔母でいつの間にか同居している笑子ばあさんの四人だった。働き手を失い、近所の中学生から贋コンビニとよばれているマーケットストア「富士ファミリー」を続けることもままならず、ましてや家のことまで手がまわるはずもなく、台所も居間も玄関も、母が生きていたころのようには手入れが行き届かず、日々混沌となってゆく。そんな様子を見かねた伯母がやってきて、遠慮なくあちこちの扉を開けるたびに、「あー臭ッ！」と顔をしかめ、「南京虫、つぶしたみたいな匂いや」と言った。南京虫がどんな虫なのか三姉妹には想像もつかなかったが、きっと伯母のように白粉で顔だけが白く浮き上がっていて、頭は伯母がいつもかぶっていた帽子のような紫色をしているに違いないと思い込んでいた。伯母が近づいてくると、昔の化粧品特有のすっぱい匂いがした。その匂いがしている間、笑子ばあさんは肩身がせまいからだろう、猫のようにきまってどこかへ隠れてしまう。伯母が帰ってしまって、その匂いが消え、いつもの家族の匂いに戻ったころ、笑子はいつの間にか台所にいて、家の用事を素知らぬ顔でやっていた。

病室に来た伯母さんは、昔のままのすっぱい匂いをさせながら、大阪のプリンを出してきて、ナスミに食べろとすすめた。わざわざ大阪から持ってきただけあって、それぞれ食い倒れ人形の赤白の帽子をかぶせてあったが、中身はどこにでも売っているプリンのようだった。ナスミは、もうプリンも食べたくなかった。無理して食べてみせる気力もなかった。「後で食べるね」と言うのがやっとだった。

「私がかわってあげれたらなぁ」

と伯母は言った。心底、そう思ってくれていることが伝わってくる。南京虫のくせに泣かせること言うなよ、とナスミは思う。南京虫は南京虫のまま、嫌いなヤツは嫌いなヤツのまま、自分の中では変わることなく死んでゆくのだと思っていた。それなのに不思議な話なのだが、そんな人たちにも今はありがとうというコトバしか浮かばない。「なんなんだ、これは」とナスミは思う。

日に三回、病室にやってくる夫の日出男（ひでお）。いまさら話すこともないのに、決まった時間にやってきて一緒にゴハンを食べる。ナスミに、ちゃんと食べてるのと、しつこくしつこく聞かれるからだ。ナスミは病院の食事を、日出男は持参した弁当を。日出男の弁当箱はナスミが買ったもので、食べ終わった後、かさばらないように折り畳み式になっている。日出男は、中身をきれいに食べ終わると、それをパタンパタンと気持ちのいい音を立ててぺしゃんこにした。ナスミは、それを見るのが好きだった。まだ自分が元気だったころ、仕事の後、飲んだビールの缶をぺしゃんとつぶしたり、店の裏で空(から)になったダンボールを要領よくつぶしていたことを思い出す。姉の鷹子が、ぱきんと割って半分くれた煎餅(せんべい)を、何の脈絡もなく思い出す。日出男の弁当を片づけるしぐさを見ていると、宿題を終えて、早く友だちと遊びにゆきたくて、鉛筆やら消しゴムを大急ぎで筆箱にしまう小学生のようで、ナスミの顔が自然とゆるむ。毎日の同じしぐさにこれほど心が慰(なぐさ)められるとは、思いもしなかった。日出男が弁当箱をたたむ。それだけのことに、ありがとうと思う。

いつだったか、日出男がメンチカツを魚焼きグリルで温めなおしていて、うっかり焦がしてしまったことで大ゲンカになった。ナスミは、冷たいままでよかったのによけいなことをするからだ、と怒り狂った。なんで電子レンジでやらないのよ。それじゃあカリッとならんでしょう。何がカリッよッ。あんた、バカじゃないの、焦げたモノは発癌物質なんだからね、んなもん、絶対に食べないからね、とナスミは本当に口にしなかった。日出男は、温かいの食べさせてやりたかっただけじゃないかと、こちらも怒りがおさまらないようすで、真っ黒になったメンチカツを意地になって全部食べた。なのに、発癌したのは自分だ。あれ、なんだったの、とおかしくて笑ってしまう。あのとき、自分は何に腹を立てていたのだろう。自分の思い通りにならなかった、ということに荒れ狂った。もともと人間なんて、思い通りになんてならないのに。それがわかったのは病気になってからだ。あの頃の自分に教えてやりたい。あんたは、自分で考えていたのより百倍幸せだったんだよって。

眠ってしまったのだろうか。目を覚ますと部屋には誰もいず、ひんやりと冷たかった。外は薄く明るいが、それが早朝なのか、夕暮れなのかわからない。窓の外では、ちょうど桜が終わろうとしていた。こんもりとした毬のような花のかたまりを三つほどつけた枝が風に揺れているのが、ナスミのベッドから見える。ところどころに初々しい緑をほんの少しだけのぞかせていて、ナスミは次の支度をしている桜は、今、まさしく時間の中にいるんだね、と思う。雨が降ったのか、桜の花びらが窓に貼りついている。その一枚一枚はおじいさんの足袋のようだった。ぺたぺたと空に向かって続いている。こーゆーのを見ると、もっと生きたいと思うんだよねぇ、とナスミは思う。

朝、目が覚めると、少しがっかりする。なんだまだ死んでないじゃん、と。体はぐったりと重く、喉やら関節やら背中やらにある不愉快な感じは、朝になっても消えてくれるわけではないので、そうか、今日も一日生きるのかと思う。そのことに、ほっとする時期もあったのに、最近は本当に体が辛いので、なんだ、まだ死ねないのかよと、がっかりしてしまう。

死ぬのってお産みたいだな、とナスミは思う。子供を産んだことはないけれど、陣痛みたいだと思う。生きたいという気持ちと、もういいやという気持ちが交互にやってくる。少し前までは、その間隔がたっぷりとあって、何日も落ち込んだ後、突然、何かしら晴々とした気持ちになりゲラゲラ笑いながら過ごしたりした。その間隔が日に日にせまくなってゆくのがわかる。最近は、発作的に強烈に生きたいと思ったかと思えば、次の瞬間、いやもう充分だと思ったりしている。人が見たら、ナスミは静かに病室のベッドで眠っているだけに見えるかもしれないが、心の中はいつも揺れていた。陣痛のように、行ったり来たりするあいはんする気持ちの間隔がそのうちなくなるのだろう。ぴったりと重なって、心の中の矛盾が消えてしまったとき、自分は終わってしまうのだろう。とてもリアルに、そんなふうに確信する。

店は、日出男が続けてくれるはずだ。約束したわけではないけれど、日出男は自分が不利とわかると逃げてゆくような器用な人間ではない。バイトを雇えば、なんとかまわしてゆけるはずだ。いつからか、日出男と二人で店で働いている自分を想像することができなくなっていた。小国家（おぐにけ）の三姉妹だったということも、今は人ごとのように思える。もう自分は何者でもないのかもしれない。いつから？　死ぬと決まってから？　いや違う。その頃はまだじたばたしていて、絶望的だと医者から伝えられたときでさえ、まだ希望を持っていた。ライトバンから荷物の上げ下げができなくなっても、店番をしたり、ちょっとした昼ゴハンをつくったり、日出男の運転する車の助手席に乗って買い物に出かけたり、そんなことならできるのではないかと思っていた。しかし、治療がすすむうちに、そういうことさえ無理だということがわかってきた。一緒に暮らしている姉の鷹子は、家に帰ろうと言った。ベッドだって何だって、介護に必要なものは全部借りられるんだよと説明してくれたが、ナスミは頑（かたくな）にうんと言わなかった。店をやっているということが、どれほど大変なことか、子供の頃から手伝ってきたナスミにはよくわかっているからだ。責任感の強い鷹子は、勤務先であるデパートを辞めると言いだすに決まっている。婚期を逸した鷹子の仕事を奪ってしまうわけにはゆかない。自分が死んだ後も鷹子の人生はまだまだ続くはずである。結婚して家を出た月美は、姑に気に入られるために、いかに苦労しているか、実家に帰ってくるたびに愚痴っていた。なのに自分の介護にかり出されでもしたら、家の中がギスギスして、修復不可能なものになってしまうのではないか。そんなことを考えるとゾッとする。笑子は人には言わないが、ナスミの病気のことでひどく落ち込んでいて、元気そうに見せるだけで精一杯のはずだった。死にそうな自分が家にいたら、日々、死と向き合わねばならないわけで、それは年寄りにはけっこうきついことのように思えた。今まで何とか保ってきた家族のバランスだけは崩したくない。ナスミは、そのことだけを考えていた。

みんな、泣きたいぐらい優しかった。意地悪が懐かしく、しかたがないので自分が意地悪になってもみたが、それでもみんなは優しく笑うだけで、そうか、自分はもうこの世界から降りてしまったのだと気づいたのだった。最初は、まだ生きているのにと憤慨したが、そのうち、それもまたこの世で自分に与えられた最後の役なのだと思うようになった。癌の末期患者の役を演じている。その方が、まわりの人間も接しやすいだろうと思うからだ。テレビで見た患者のようにふるまった。新米の女の看護師の笑顔も、テレビで見たのと同じだった。彼女だってそれが正解とは思っておらず、他にやりようがないから、そんなふうにしているのだ。みんなわからないのだ。まだ死んだことがないのだから当たり前だ。でも、わからないなりに、こんな感じかなと想像して精一杯やってくれている。みんなで協力して、お芝居をしているような気持ちだった。ならば、それにのっかるしかない。もうこれ以上、家族を困惑させたくなかった。混乱は、みんなを苦しめるだけだということを、病気になってからイヤというほど知らされたのだから。いまさら、本当の自分をわかって欲しいなどと思わない。窓の外の景色と同じように調和のとれた世界の中で、消えてゆきたいと思うだけだ。

ナスミは、二十代半ばのころ、東京へ出て行った。実家の店は、富士山が間近に見える所だが、観光客が来るわけでもなく、客が三人だったという日もあるようなへんぴな場所にあった。店の売り上げは何とか食べてゆける程度だった。半年前に仕入れた物が、売れずに棚に残っているなんて当たり前だ。街全体に活気というものがなかった。通学路にある煙草屋のじいさんは、置物のように、ナスミが小学生のときから同じかっこうで座り、通りをにらんでいる。いつからだろう、ここは人も物も動かない場所だと気づいたのは。テレビの中は、めまぐるしく変わっていってるというのに、ここにいる自分は本当の自分ではないような気がした。自分はもっともっと変われるはずなのに、ここにある全てが邪魔をしていると思っていた。

ある日、姉の鷹子が、銀行からおろしたばかりの百万円を差し出し、東京へ行ってみればと言った。この街でくさってゆく一方のナスミを案じたのだろう。店は自分が何とかするから、と鷹子は言った。あんたはあんたらしく、どこまでも転がってゆけばいいよ、とナスミの手に札の入った袋を握らせた。そのときは泣けなかったのに、その後、東京で一人暮らしをはじめたアパートの台所で、なんでもつくれるというのに、なぜか、出てくるたびにまたこれかよと毒づいていた小国家定番のカボチャの煮つけをつくり、それを噛んだとき涙がつーっと落ちた。

ナスミはコンビニで働いた。弁当は賞味期限が切れる直前に破棄され、同じ場所に新しい商品が補充される。客はそれを当たり前だと思っている。つくっては消費され、残った物は破棄される。店先にあるのは常に新しい物だ。少しずつバージョンアップしているように見せかけてはいるが、さほど変わることなく、日々いつもと同じ日常が更新されてゆく。時間なんてないようだった。何時間たっても明るいままだし、年を取っても若いふりをしている。でも、本当の自分は、コンビニの棚とは違う。古くなっても誰も新しいのに変えてくれない。自分は年を取りどんどん機能が落ちてゆく。それが生き物の定めと頭ではわかっているはずなのに、街がそれを許してくれない。贅肉(ぜいにく)を持て余すことも、肌がたるむことも、機敏に動けなくてのろのろ小銭を探すことも。やがて、動かないのは東京の方だったと気づいた。たしかに物もお金も絶え間なく動いているのに、ものすごいスピードで補塡(ほてん)されるので、誰もそれに気づかない、まるで時間なんてないみたいな、そういう街だった。

病気がわかったとき、ここでは死ねないと思った。病院からの帰り、ここを歩いている人の全てが明確な行き先を持っていることに気づき、愕然(がくぜん)としたからだ。一緒についてきてくれた日出男に、思わず、ここは死ぬ場所じゃないね、とつぶやくと、「オレ、ナスミの行きたいところについてゆくよ」と言ってくれた。そのことを思い出し、なんだ、私、けっこういい人生だったじゃんと思う。

もうすでに、目は開かない。自分が開けようと思っているのか、そういうことすら、もうナスミにはわからない。床を何人もがバタバタと走る音だけが、いやにクリアに聞こえてくる。看護師たちが、自分を四人部屋からベッドごと運び出しているらしく、天井の蛍光灯が、電車から見る電線のように途切れなく続くのが、目が開いていないのに、ナスミは感じる。時々覆いかぶさってくる看護師の胸に名札が揺れているのが見えるが、その馴染みのある文字は、もう読むことができない。というか、それが文字だということさえ、ナスミにはもう理解できない。でも大丈夫だということだけはわかる。もう何の役をしなくてもいいのだ。若いころ、あんなに探して、でも見つからなかった本当の自分にもうすぐ会えるのだ。この世でやってきた全てを取っ払った、生まれたてのときと同じ、すべすべの私。柔らかく、何にでもなれた私。あの桜の小さな緑。そうか、あれが本当の私だったのか。

側に誰がいるのか、残念ながらもう認識できないけれど、そんなことはもうどうでもいい。ふいに、小学生のときの自分と鷹子を思い出す。二人はそれぞれ自分専用の鉛筆けずりを買ってもらった。手回しのやつだ。最初は一台だったが、ナスミと鷹子は鉛筆けずりが誰のかをめぐってケンカが絶えなかったので、母がもう一つ買ってくれた。しかし、それでも二人の意地の張り合いは続いた。ある日、鷹子は鉛筆けずりを井戸だと言いだした。くるくる手で回す部分を井戸のつるべにみたてて、削りカスがたまるプラスチックのケースを引き出し、水をくみ出すという遊びをはじめた。ナスミも負けじと自分の鉛筆けずりで真似をして水をくむ。そんなことをするうちに、どっちの井戸の方が深いのかケンカになった。ナスミは自分の鉛筆けずりの井戸の方が鷹子のより深いと主張した。鷹子は、じゃあ競争ねと、それぞれの鉛筆けずりの井戸に石を落とそうと言った。先にぽちゃんと言った方が浅いんだからね。せいので投げた石は、いつまで経っても水面に届かない。それは鷹子も同じで、先に言った方が負けだから、ナスミは意地でもぽちゃんとは言わない。それは鷹子も同じで、夕ご飯になっても、寝る前になっても、次の日起きても、二人は絶対にぽちゃんとは言わなかった。しびれを切らしたナスミが、鷹子に、いつぽちゃんって言うのよ、と聞くと、あんたが言ってからと答える。じゃあ、私、死ぬときに言う。鷹子は、じゃあ、長生きした方が勝ちってことかとすました顔で言う。ナスミは、それがくやしくて、私、絶対にお姉ちゃんより長生きしてやるもんねと叫んだ。

お姉ちゃん、死ぬときは、負けも勝ちも、もうどうでもよくなるんだよ。知ってた？　とナスミは言いたかった。しかし、口は乾ききっていて、開くことさえ難しい。それでも言わなければならない。意識がまだ残っているうちに、とナスミは思う。誰も聞いていないかもしれないけれど、約束だ。

「ぽちゃん」

ナスミは、自分が石だったんだと気づく。鷹子と張り合ったときから、よくもまぁこんなに長く落ちつづけてこれたものだ。自分は上に向かって移動していると思い込んでいたのに、落下していたとはなぁ。いや、やっぱり上か。水面は自分のはるか上にあるような気がした。いま、ようやくそこに到達したのだ、水面の上がどうなっているのか、まるで想像もつかないけれど、すべすべの自分は、そこを突き破ってゆくのだろう。

「ぽちゃん」

意識が途切れる最後の最後に、もう一回、ナスミは、そうつぶやいた。それは、宇宙中に聞こえるほどの声だと思った。

第2話

○

　病院の朝は早いのか、まだ六時だというのにコンビニのレジに列ができていた。鷹子は日出男に何か食べさせてやりたくて、おにぎりや飲み物を入れたカゴを下げ、自分の順番が来るのを待った。

　ナスミの容体が急変し、看護師から最後に会わせたい方がいらっしゃるのなら連絡を取って下さいと言われたのが昨夜の九時ごろで、鷹子から電話を受けた日出男が笑子を乗せ、途中で月美をひろって、病院に着いたのが十時過ぎだった。みんなよほどあわてていたのだろう、月美はバッグではなく、そうじ当番の札を肩にかけていて、それに誰も気がついていなかった。ナスミが持ち直し、主治医も、今すぐどうこうということはなさそうだと言うので、年寄りの笑子は家に帰そうということになり、日出男が車のキーをさがしているとき、「あれぇッ、なんでそうじ当番の札がこんなところにあるの？」という素っ頓狂な声で気づき、思わずみんな吹き出した。病院に残ると言っていた月美だったが、鷹子に明日はそうじ当番なんでしょと言われ、しぶしぶ笑子と一緒に日出男の車に乗せてもらって帰ることにした。明日、また来るからね、と何度も繰り返し、身動きしそうもないナスミの手をまるで子猫であるかのように、優しくなでて出て行った。

いっぺんに人がいなくなり、眠るナスミと鷹子だけになってしまうと、「なーんちゃって」と言って、突然起きてきそうな気がしたが、ナスミに取り付けられた機械が規則正しい音を出すだけで、何も起こりそうになかった。

鷹子は、父母を見送っているので、この先に起こることは大体わかっている。嵐のようにやらねばならぬことが押し寄せる。用事だけではなく人も押し寄せてきて、家が家でなくなってしまう。店の方は閉めることになるだろう。野菜や冷蔵の商品の仕入れは、すでに止めている。日出男にナスミがもうダメかもしれないと電話したとき、仕入れ先に連絡を入れるよう頼んでおいた。数は多くないが、近所の喫茶店や食堂に毎日配達せねばならないお得意様がいるのだが、そちらは日出男が連絡すると言っていた。笑子の喪服はきっとタンスの奥に突っ込まれ、しわしわになっているだろう。それでも、それを着たいと言い張るに違いなく、そのことで一悶着あるだろう。そうだ。通夜の座布団は足りるだろうか。連絡すべき知人のリストをつくらねばならない。そうだ。写真だ。笑っているやつがいい。段取りやら、細かい心配事が、鷹子の頭に浮かんでは消える。生きている限り、完全に立ち止まることはできない。大切な人が死にそうでも、今、目の前にあることをひとつずつ片づけてゆかねばならない。ドラマのように、ただただ悲しめるという立場の人って、本当にいるのだろうか。

日出男が帰ってきたので、鷹子はちょっと休憩してくるね、とナスミの眠る部屋を出た。自分がいては悪いような気がしたからだ。たとえ話せなくても、残りの時間を夫婦で過ごさせてやりたかった。部屋を出るとすでに消灯時間は過ぎていて、談話室は閉まっていた。エレベーターで一階まで下り、暗い外来の待合室のソファに沈みこむように座り、目をつむる。頭に浮かぶのは、やっぱり段取りのことである。それでも、疲れていたのだろう、ぐっすりと眠ってしまったようで、目を覚ますと、院内のコンビニが明るくなっていて、開店の用意をしている。

日出男が呼び出されたのは、おそらく昨日の夕ご飯の途中だったはずだ。何かお腹に入れるものを買ってやりたかった。おにぎりやら飲み物をカゴに入れて、レジに並んでいると、ナスミがいつも読んでいたマンガ雑誌が棚に並んでいるのが目に入った。ナスミは、その雑誌に連載されている『ホドコシ鉄拳』というマンガのことを熱く語るのだが、鷹子には、それの何がおもしろいのか、さっぱりわからなかった。あらあらしい線と、とんがったアゴの主人公の男性、大きな活字で書かれた大げさなセリフ。すべて鷹子の趣味にあわず、読む気がしなかった。でもナスミは、「死ぬのはいいんだけどさ、この続きが読めないのは、くやしいんだよね」と言っていた。

鷹子は列を抜けて、その雑誌をカゴに入れてまた列に戻ろうとしたとき、ポケットのスマホが震えた。日出男からだった。

「呼吸がヘンになったから、今、主治医呼んだ。きびしいみたいだ」

伝言ゲームのように、正確に伝えようと日出男は、ゆっくりとそう言った。鷹子は「わかった」と電話を切り、レジで言われるままのお金を財布から取り出し、かわりに渡されたビニールの袋を胸に抱え、つんのめるように廊下をただひたすら歩いた。病室に戻ると、さっきまで静かだった部屋に主治医やら看護師がいて、ナスミから機械を外しているところだった。日出男は部屋の片隅で、その様子を見ていたが、鷹子を見つけると、

「タカちゃん、ゴメン。ナスミ、逝っちゃったみたい」

と言った。

鷹子に気づいた主治医は、あらたまった顔になって、

「六時八分でした」

と鷹子に深く頭を下げた。看護師たちも、あわてて手を止め、同じように頭を下げる。

「本当に、ついさっき」

と日出男はすまなそうに言う。まだ三分ぐらいしか経ってなかった。雑誌、買わなかったら間に合ってたのかなと鷹子は思った。バカだなと思う。こういう肝心なところが、私、ぬけてるんだ。

「つーちゃんとか、ばぁちゃんには？」

鷹子が日出男に聞くと、

「うん、急変したとき連絡入れた。つーちゃんはタクシーで来るって。ばぁちゃんは家で待ってろって言っておいた」

「うん、そうだね、その方がいいよね」

ナスミから最後の管が抜かれ、看護師からご遺体をきれいにしますから、と部屋を出される。廊下の長イスにすわっていると、副師長の看護師がやって来て、家に連れて帰られますかと聞いた。それとも、そのまま通夜の会場に運ぶのなら、葬儀会社に

連絡して下さい。葬儀会社が決まってないなら、こちらでご紹介できますよ、と言う。笑子が葬儀屋は知り合いに頼むと言っていたことを思い出すが、それがどこなのかわからないので、とりあえず家に連れて帰ることにした。普通の車で死んだ人間を運ぶのは違法であるらしく、それ用の寝台車を頼んで下さいと言われる。副師長から聞いた連絡先に電話を入れ、車を予約した。部屋の前の廊下に戻ると日出男が細々（こまごま）した荷物をカバンに詰め、いつでも運び出せるようにしていた。日出男は、鷹子の顔を見ると、徹夜で少し膨らんだ髪をかき上げながら、ちょっと飲み物を買ってくると出て行った。鷹子が自分のふとももに熱を感じてふと見ると、さっきコンビニで買ったビニール袋を手にぶら下げたままだった。中に、日出男のために買った温かい缶コーヒーが入っているのを思い出す。ぼんやりすわっていると、日出男は飲み物を買うといって出たくせに、手ぶらで帰ってきた。

「ナスミの写真どうしよう」と鷹子が聞くと、日出男はケータイを開け、写真をさがしだす。日出男は急に、のどに何か詰まったような顔になり、そのまままたどこかへ行ってしまった。自分もそうだけれど、日出男もまたゆっくり悲しむ時間をとれていないのだろうと鷹子は思う。

部屋に戻ると、ナスミは看護師さんに顔や体を拭いてもらって、静かに横になっていた。新しい寝巻に着替えさせてもらったナスミの首のあたりに、点滴の針の痕が紫色に腫れていた。ナスミの体に無理やり何かを入れていた痕だった。今となったら、それはナスミのためというより、自分たちのわがままのためだったかもしれないと、申し訳ない気持ちになる。

月美が来たら、ナスミを連れて家に帰ろう。あとは、怒濤のようにただただ忙しい時間が待っている。その前にしなければならないことがあった。コンビニで買った雑誌を、ナスミに読んで聞かせてやるのだ。

「ぷしゃっ。ぷしゃっ。燃えている。命が燃えている。ぷしゅしゅるるる〜〜。ここを突破すると、何があるんだ？　わからん。行こう。そうだ、行くしかないぜ。オレたちは前にしか進めない。ぷしゅぷしゅぷしゅ」

どういうシーンなのか、このマンガをちゃんと読んだことのない鷹子には全くわからなかった。でも鷹子は必死だった。前に聞いたことがある。人は徐々に死んでゆくのだそうだ。心臓が止まっても、耳は何分かは機能しているらしい。鷹子は読みながら、泣いていた。この時間だけは、ナスミのためだけに使おう。今、この瞬間だけ、立ち止まってもいいよね。

「ぷしゅしゅるる」

鷹子は、童謡を歌うような声で、一字残らず読み上げた。

第3話

月美は布団の中に入っても、なかなか眠れなかった。ナスミを管でつないでいた機械のピッピッという高い音が、今も耳に残る。横に眠る夫、見なれた形の電灯のかさ、夫とおそろいの布団カバーの模様。いつもと同じ夜なのに、全てがつくりもののようだった。私は、本当にこの人と結婚して、この家で暮らしてきたのだろうか。

ナスミの容体が落ちついたので、いったん家に戻ると、夫はすでに眠っていて、部屋は真っ暗だった。ダイニングの明かりをつけると、食べ散らかした食器は、月美が用意したときのまま同じ場所にあった。夫は、せめて流しに食器を運んでやろうという気もないらしい。残ったおかずにラップもかけていないので、まずそうにひからびている。それらを捨てて、ソースがこびりついた食器をきれいに洗い、流しを洗って、トイレや洗面所のタオルを新しいのにかえ、今日出たゴミを始末して、ようやく風呂に入ると、夜中の三時半だった。

こんなときなのに、隣で夫はぐっすり眠っている。ナスミは自分の姉で、夫にとっては他人なのだから、たとえ危篤（きとく）だと聞いても眠れるのだろう。いちいち、そんなことで気を悪くする方がおかしく、それは頭ではわかっているのだが、なにか納得がゆかず、夫を憎たらしく思う。人に、似た者夫婦だね、と言われて、自分でもそうだなと思っていただけに、なにか裏切られたような気持ちだった。

こんなことなら病室に残っていればよかった。夫が「そうだ、そうだ」というように、うぐぐっとイビキをかく。ナスミが機械につながれた姿は痛々しく、見ているのは辛かったが、それでもまだ病室にいた方がよかった。自分の家だというのに、全てがウソのようで心地（ここち）悪く感じる。

夫の健康な寝息を聞いていると、心がざわざわする。いずれ、この規則正しい音も止まってしまうときがくるわけで、それがいつなのかもわからない。大丈夫なことなど、本当はどこにもないのではないか。

おんばざらだるまきりくそわか

　笑子ばぁちゃんが教えてくれた、お経というか呪文のようなコトバをふいに思い出す。千手観音さんの真言だと言っていた。「生きとし生けるものが幸せでありますように」という意味であるらしい。それを聞いたナスミは、

「え、それ言うと、私の嫌いなヤツも幸せになるわけ？　そんなの損じゃん」

と憤慨した。月美だって同じだった。自分の嫌いなやつだけならまだしも、自分を嫌いなやつまで幸せになるというのはどうしても納得できなかった。

なのに、ナスミの方だけ先に悟ってしまったらしく、月美が、夫の母親がどれほど自分に対し底意地が悪いのか愚痴っていたとき、

「それは、おんばざらだるまきりくそわか、だよ」

と言った。

「それ唱えてみな、楽になるから」

　ナスミはそう言ったが、義母の幸せなんか願えるわけがない。

「ウソだと思って、それ唱えてみな。唱えているうちに、そーゆーもんかって思えてくるからさ」

そう言ったナスミは、一回目の入院で無事手術を終え、すでに退院していて、ケーキでも餅でも、ガツガツ食べていたときだった。月美はナスミが完全に元に戻ったものだと思い込んでいた。

「ガンをやったちぃ姉ちゃんみたいに、達観できないわよ」

月美がそう言うと、

「とりあえず口に出して言うんだよ。心はそう思ってなくてもいいんだって。言っているうちに、それでもいいかって気持ちになってくるんだって」

ナスミはそう言ったが、にわかには信じがたかった。しかし、義母の嫌がらせにたちうちできる方法は他になかったので、ナスミに教えてもらったように、コトバを唱えようとした。でも、義母が宝くじが当たって高笑いしているところを想像しただけで、腹の底から怒りがこみ上げてきて、なかなか口にすることはできなかった。

それが言えるようになったのは、ナスミの二度目の入院が決まったときで、月美はまさか、あんなに元気だった姉に癌が転移するなんて思ってもいなかった。

「ちぃ姉ちゃんを助けて下さい」

誰かにこの願いを聞いてもらいたかった。そのことで、義母が幸せになるなら、それでもいいと思えた。私のことを嫌いな人も幸せになって下さい。そう祈らなければ、ちぃ姉ちゃんが救われないというのなら、私は喜んでその人たちの幸せを心から願います。

おんばざらだるまきりくそわか

洗濯物を干しているとき、台所の流しを磨いているとき、風呂場の排水管の入り口にたまった髪の毛を取り除いているとき、月美はことあるごとに、そう唱えた。ナスミがもう元のようには戻れないとわかってくると、唱えることは少なくなっていった。死ぬしかない人間にそんなことを願っても無駄なことなんじゃないかと、どこかで思っている。自分がその立場なら、自分だけそんな病気になってしまって、幸せだと思えるはずがない。自分なら、ただただ命が終わるのが恐ろしくて、あれもすればよかった、これもやりたかったという後悔が次から次へと吹き出してきて、とても落ちついていられない。でも一方で、これで終われるのかという、ちょっとほっとした気持ちもあるような気がする。やってもやっても、それが当たり前と思われる主婦の仕事を続けていると、ときどき何もかも終わってしまえばいいのにと思うときがある。

たとえば洗濯機を回すのをすっかり忘れていて、そんなときに限って夫が出張だと言いだし、替えの下着がないと怒りだす。怒りながら「オレの薬は」と言うので、しかたなく、こちらの怒りをおさえて下痢止めの薬を探していると、パート先の友人から電話がかかってきて、どうでもいい話が始まり、後で何か言われそうでなかなかこちらから切れない。それを見た夫が、さらに怒り狂って今、下痢になっているわけでもないのに、「オレの薬はぁ」と叫ぶ。ふだん、それほど大事なものがどこにしまってあるのかさえ知らないくせに、なんでそんなに偉そうなのかと月美は思う。電話の主は、自分のために電話を続けているのではない、ということが夫にはわからない。自分のパート先で二番目に権力を持つ先輩で、気を悪くさせると後が面倒だから、話を合わせて笑っているだけなのだ。今のパート職をなくすと、マイホームの頭金ができるのはさらに遠くなる。夫は、月にたった数回のことでも、夕食が遅くなってまで月美がパートに行くことが不愉快でならないのだ。夫は、月美が自分の楽しみのために働いていると思っている。自分のために何かしたことなんて、ここ何年、一度もない。自分がどれだけがんばっているのか、夫や義母、友人は誰も知らない。時間もお金も、自分のために使ったことなんて一度もない。あったとしても、もったいなくて使えない。それなのに、いつだって自分だけが空回りしているような、この感じはなんだろう。今、無理やり、誰かが「ハイッこれでおしまい」と言ってくれたら、どれだけ楽だろうと思う。ナスミのことを考えれば、そんなこと口がさけたって言えないけれど、自分は小さくちびた石鹼（せっけん）で、ただただ消耗してゆくだけの人生のような気がする。

　月美は、布団の中で横になっていることがたまらなくなって起き上がった。着替えて、ケータイと財布だけをポケットにつっこんで外に出た。

　ほの暗いアスファルトを一人で歩くのは何年ぶりだろう。まだ数分しか歩いていないのに、家からずいぶん離れたところに来てしまったような気がする。めざす場所などなかった。とりあえず、この時間でも開いているコンビニに向かって歩く。まだ明けきらぬ早朝の道を歩いていると、その先にぽつんと四角い形の黄色みがかった明かりが見えた。近づいてゆくと、その四角い光に「わたし」と書かれているのが見えてくる。スナックか何かの店の看板なのだろう。「わたし」という字が妙に色っぽくくねっていて、キスマークとワイングラスがそえられている。

　月美は、家を離れて向かっている先が「わたし」であることに、偶然ではあるが、とても意味があるように思えた。本当の「わたし」は、こんなふうに、誰にも知られない場所にぽつんとあるもので、それを今は見失っているだけのような気がした。何が生きとし生けるものが幸せでありますように、だ。自分がくたくたになっているというのに、まだ人のために生きろというのか。

そう思った瞬間、明るく広いバルコニーで、ナスミと月美が白い椅子に腰掛け、紅茶を飲んでいる風景が見えた。バルコニーの向こうはエーゲ海だった。ナスミが、こちらを振り返り、「バカだなぁ」と笑った。

「生きとし生けるものっていうのはさ、自分も入ってるんだよ」

月美が「えっ」とつぶやくと、元の道だった。月美はナスミとエーゲ海になんか行ったことはない。そもそも、今見た場所を、自分はなぜエーゲ海とわかったのだろう。

月美が前方を見ると、「わたし」と書かれた看板の明かりが消えたところだった。店じまいをする中年の女性が、電源を抜いた看板を、よっこらしょと店内に引きずりこんでゆく。あたりを見まわすと、すでに日がのぼりはじめていた。

月美がぼんやり立ち止まっていると、ポケットのケータイが震えた。日出男からだった。そうか、今のは、ナスミがお別れに来たのかと理解する。

「ゴメン。帰ってもらってアレなんだけど、またナスミの様子が急変しちゃってさ」

日出男は自分のせいではないのに、申し訳なさそうに、そう言う。今、医者が部屋に来ていることや、今度こそダメかもしれない、というようなことを日出男から聞き、「すぐ、そっちに行く」と言って電話を切った。

「わたし」の看板は、もう目の前になかった。「わたし」があったのは、本当のことだったのかどうか、もうわからない。月美は、ポケットのケータイを握りしめ、夫が眠る家に向かって歩き始める。そうだよね、ちぃ姉ちゃんの言う通りだよね、と思う。ぽつんと一人立っているのが本当の私だと思っていたけれど、違うんだよね。生きとし生けるものの一人が私なんだよね。夫がいて義母がいて、姉がいて、ちぃ姉ちゃんがいて、ちぃ姉ちゃんの夫がいて、生まれる前からいるばぁちゃんがいて、私がいる。そして、やがて私の子供もこの世界にやってくるだろう。ちぃ姉ちゃんは、それが言いたかったんだよね？　月美は必死に歩きながら、繰り返し、ナスミに問いかけた。その問いに、そうだよと返事するように、ポケットのケータイが生き物のように震えた。

「それは、おんばざらだるまきりくそわか、だよ。それ唱えてみな、楽になるから」

月美の記憶にあるナスミの声は、とても穏やかだった。そうか、ちぃ姉ちゃんは、あのころからすでに幸せだったんだ、と気づく。

生きとし生けるものが、幸せでありますように。どうか、全ての人が最後の最後まで、幸せでありますように。明日は、そう思えないかもしれませんが、どうかどうか、お願いします。月美は心の底からそう思った。

自分の中をエーゲ海の風が吹き抜けてゆくのを感じる。ちぃ姉ちゃんが死ぬこともまた、生きとし生けるものの幸せなのだ、と確信する。月美は、震えるケータイの息の根を止めてしまうことに少しためらった後、電話に出た。

第4話

◎

　主治医が、大きく息を吸い込むのが、隣にいる日出男にもわかった。その吸った息を一気に吐き出すように、「六時八分です」と言った。まだ三十代になったばかりの若い医者で、ちらりと見た腕時計は白衣に似合わないスポーツ用だった。袖から見えた肌もサーフィン焼けなのか、とても黒い。ナスミは、この先生を、コカ・コーラのCMに出てくるような青年と言っていた。そのいかにもさわやかそうな医師に丁寧に頭を下げられ、日出男もあわてて頭を下げた。

　よりによって、自分一人のときにナスミは逝ってしまった、と日出男はめんぼくない気持ちになる。つい数時間前、家族がそろったというのに、医師の持ち直したというコトバを聞き、じゃああと数日は大丈夫と勝手に思い込んでしまって、みんなを家に帰してしまった。このことをナスミが知ったら怒るだろうと、日出男は条件反射的に身をすくませる。が、怒るであろうナスミは亡くなってしまったことを思い出し、今度は頼りない気持ちになる。とりあえず、家族のみんなにもう一度電話をして、ナスミが亡くなったことを知らせねばと、自分のケータイをさがした。

その間、看護師たちは、ナスミから機械を外してゆく。主治医が頭を下げて出ていこうとしたとき、知らせを受けた鷹子があわてて入ってきた。日出男は、鷹子に思わずゴメンとあやまった。主治医は「六時八分でした」と告げ、もう一度頭を下げた。二度目なので、日出男には、その様子が若干芝居がかったようにも見える。鷹子が日出男を見ると、日出男は、うなずいた。鷹子はもう一度ベッドのナスミに目をうつす。息をしていないということより、看護師たちが機械を外してゆく作業にショックを受けたようで、鷹子は、ただただ看護師の作業をじっと見つめていた。

何も考えず、部屋の隅に立って見ていると、日出男にはそこで働く人が文字に見えてくる。毎朝、こっそり、朝食に出てくる食パンをどこかで焼いて、ナスミに持ってきてくれた背の低い看護師さんは、体型が横に広がっているからか、日出男には「み」という字に思えた。ナスミにそう言うと、うまいこと言うと喜んだ。髪をお団子にしていて、「み」の丸の部分のようにたれ下がっているんだよね、と嬉しそうに笑っていた。背の高い副師長は、いつも忙しそうにタタタと歩いているから「タ」だとナスミは言う。たしかに、歩いているとき、少し前のめりで「タ」の形に似ていた。やせぎみの男の看護師は「す」だった。日出男と何かの雑談のとき、毎朝、健康のために酢を飲んでいると言ったからだ。男性の看護師はこの病院では珍しい。「す」の丸いところが男性自身のようで、だから彼を「す」とよぶのは、とても理にかなっていると日出男が大まじめに説明すると、ナスミは「全体のバランスから見ると、でっか過ぎるんじゃないの」とゲヒゲヒ笑い転げた。

部屋の中で、「み」やら「タ」やら「す」が出たり入ったりするのを見ていると、いつもと変わらない朝の風景のように思えるのに、ナスミの文字だけがぽっかり消えてしまったので、文字たちはまるでつながらず、日出男には自分とは無縁の光景にしか見えなかった。

ナスミはカタカナの「ガ」だった。ガッツのガ。ガーッという音のガ。がんばるのガ。ナスミの口癖「ガッカリだね」のガ。大好きだったガゴメ昆布のガ。何も描かれていない画用紙のガ。我流のガ。ガラクタのガ。聞いたこともないくせに、「私、この人好きかも」と言ったレディー・ガガのガ。楽器のガ。何かの楽器を弾いたり吹いたりしているのは一度も見たことはなかったけれど、ナスミ自身が楽器のようだった。高い声で笑い転げ、低い声で怒り狂い、ゆっくりとしたリズムでなだめ、たたき込むように説得した。日出男の頭の中で、ナスミが笑ってふりかえる。

「かんじんなの忘れてるよ。癌のガ」

ナスミは、自分が「ガ」なら、日出男はカタカナの「キ」だね、と言った。

「大地に突き刺さっている感じ？」

とナスミは言うが、日出男にはそのイメージはよくわからなかった。ナスミいわく、日出男が知らない土地にやってきて、当たり前のように暮らしているのは、かなり無神経なことなのだそうだ。無造作に自分という棒を、知らない土地に突き立てて、まるで昔からそこにあったかのように暮らしている、ということにナスミは感心する。日出男はそのたびに、何も考えてないんだよ、オレは、と口癖のように言った。

元々、人を文字にたとえるのは、ナスミの始めた遊びだった。日出男が「キ」なら、私たち二人をあわせると「ガキ」だね、ととても満足そうに安物のソファに身を沈めながらそう言った。あれは、東京に住んでいたときだ。よくあんな小さなダンボール箱のような部屋に二人で暮らせていたよなぁと日出男は思う。子供も生まなかったし、正社員にもならなかった。夫婦というより、友人とか兄妹とか不倫しているカップルに見える二人だった。夫婦らしいことは、なるたけ避けてきた。お互いが責任を感じることなく、やりたいことだけをしてゆこうと、話し合ったわけではないけれど、若いころも今も思い続けてきた。私たちガキのままだねと、ナスミは言う。そうかもしれない、と日出男も思う。あのダンボール箱のような部屋で、捨て猫のように暮らしていたときが、一番自分たちらしかったような気がする。日出男は、男ばかりの四人兄弟の末っ子で、兄たちは、それぞれ結婚して家も子供もあった。そんなものを持たない日出男は、気の向くまま転々と暮らしてきた。しかしナスミに出会ってしまってからは、行きたい場所など、なくなってしまった。自分が帰りたい場所は、ナスミだった。

ナスミの命が失われた、ということより、「ガ」のイメージの集積をこれからどこにおさめたらいいのか、日出男は途方にくれる。もう一度ナスミに何かして欲しいとか、声を聞きたいとか、そういうことは少しずつあきらめてきたつもりで、それなりの覚悟はできているつもりだった。でも、コトバにできない、自分だけが持っているナスミのイメージを、どうすればよいのか。そんなことが自分の中でこんなにも困ったことになるとは思いもしなかった。というか、人が死ぬとそんなことが起こると誰も教えてくれなかった。もしかしたらイメージの集積は炭酸水のようなもので、放っておくと、泡だけが空中に抜けゆき、ただの水みたいになってしまうのではないか。日出男には、ナスミのあれこれが、そんな気の抜けたものになってゆくようで、はがゆい。

部屋の外に出ると、日出男とナスミが名付けた「ヨ」と「お」と「ケッ」が、談話室だというのに談話せず、焦点の合わない目でテレビをながめていた。中年の「サ」が朝食の入った銀色の箱を押してゆく。「P」はあいかわらず巨乳で、ポケットにさったボールペンが息苦しそうにポケットから飛び出していた。

「ガ」がいなくなっても、世界はスムーズに動いていた。日出男は自販機でいつも買っていた缶コーヒーを買おうとしたが財布を持っていなかった。自販機の前で、買えない飲み物をぼんやり見ていると、さっきまで談話室にいた老人が親しげな顔で頭を下げて通りすぎていった。日出男は、その人が「ヨ」だったのか「お」だったのか思い出せなかった。「ケッ」ではなかった気がするが、それも自信はない。

ナスミがいなければ、そんな呼び名は、もう意味をなさないのだと日出男は気づく。そうか、自分のことを見て「キ」という字を思い浮かべる人は、もういないのだ。そうだとすると、自分は一体、何なんだろうと思う。大地に突き立っているという「キ」の棒も、ナスミがいなければ、そんなもの最初からないわけで、今の自分は、棒を引っこ抜かれた後にできた穴のように思えた。たしかにそこにあったと思っていたのに、実は空洞で、まるで何もなかったのではないか。働いていた富士山が見えるスーパーマーケットも、眠っては起きてゴハンを食べていた家も、毎日弁当を食べにやってきたこの病院ですら、本当はそんなものはなかったような気になってくる。

日出男が缶コーヒーをあきらめて戻ると、病室前のベンチに、日出男と自分のカバンを抱えた鷹子がすわっていた。看護師さんたちが、ナスミをきれいにしてくれているから部屋に入れないと言う。

「写真、どうしよう?」

と鷹子がカバンを渡しながら言う。

言われているのが、葬儀用の写真だと気づくのにしばし時間がかかる。

「いいのある?」

と言われても、日出男のケータイの中にあるのは、ふざけたものばかりだ。それでも、ひょっとして使えるものがあるかもしれないとデータを開く。本人が嫌がるので病室で撮ったナスミの写真は一枚もない。そう思って、膨大な写真を繰ってゆくと、見慣れた病室が現れた。すっぴんのナスミは病院で貸してくれるピンクの寝巻を着ていた。まだ肌がツヤツヤしている。サイドテーブルに桃が三つ置いてあるから初夏だろうか。

自撮りの動画だった。日出男の知らないうちに、ナスミが撮っていたのだ。

そんな写真を見て、うっかり泣いてしまう姿を見られたくなくて、さりげなく鷹子から離れる。気持ちは、動画をはやく見たくて焦っていた。

液晶のナスミは、「んーとね」と言ったあと、しばらく間をあけて、唐突に、ヒデちゃんはぁ、ひらがなの「と」みたいな人と結婚したらいいと思うよ、と言った。「と」っていう字ぐらい、大きな口を開けて笑う女の人がいいと思うなぁ。でね、子供を生むんだよ。ちっちゃなカタカナの「ッ」みたいな子。「ッ」っていうのはね、髪の毛を頭の上でちょこんと結ってるイメージ。ヤワラちゃんみたいにさ。三人あわせると、「キッと」になるでしょ。私と一緒のときは「ガキ」だったけど、ヒデちゃんはこのあと、「キッと」になるんだよ。やっぱり子供のままなんだよ。責任なんて感じなくていいからね。あんた、棒なんだから、イヤになったら引っこ抜いて、好きなところにかついでゆきな。子供のまま生きてゆけ。じゃあね。

動画は突然、切れた。ナスミが息を引き取ったときは泣かなかったのに、動画が止まった瞬間、日出男の目に涙があふれだす。このころ、ナスミは、まだまだ生きたいと思っていて、でもダメかもしれないとも思っていた時期のはずだ。痛みと苦しみと孤独と不安でどうしようもないときに、オレの行き先のことを考えてくれていた。そう思うと涙がとまらなかった。

ケータイの呼び出し音が鳴る。気持ちを落ちつかせて電話に出ると、家にいる笑子ばあさんからだった。一人家に残されて不安なのだろう。自分もそっちに行くと言う。

「ばぁちゃんが今来ても、こっちはやることないから」

病院の中だというのに日出男の声が大きくなる。その声で鷹子は電話の相手が笑子ばあさんだとわかったのだろう、寄ってきて日出男のケータイを奪い取り、自分もまた大きな声で「ばぁちゃん？」と呼びかける。

「ナスミ、そっちに連れて帰ることにしたから。うんそう。お通夜はうちでやろう。うん、そーだね。そうしよう」

鷹子の声はしっかりしているのに、足元を見ると靴下が裏返しだった。いつもきちんとしている鷹子らしくない。

「ばぁちゃん、泣かないで。誰もそんなこと思ってないから」

笑子ばあさんは、年老いた自分がさきに逝けなかったことを、くどくど繰り返しているに違いない。

「ばぁちゃんの知り合いの葬儀屋さんって、どこ？　わかる？　うん、うん。連絡取れるのね？　わかった。じゃあ、そっちは、ばぁちゃんに任せる」

裏返しになった靴下で踏ん張って立っている鷹子を見ていると、日出男は自分もぐずぐず言ってばかりはいられないという気持ちになってくる。

電話している鷹子の手に、ナスミがいつも読んでいたマンガ雑誌があった。表紙はナスミが好きな、筋骨隆々(りゅうりゅう)の絶えず戦っている主人公で、それは日出男とは真逆のキャラクターだった。

よしッ、とりあえず、ぽっかりあいた穴に、フタをしてやろうじゃないか、と日出男は思った。炭酸水に栓をするみたいに。ナスミのイメージが空に消えてゆかないうちに。

日出男は心の中で、自分は筋骨隆々の主人公だと想像した。そして、引っこ抜かれた巨大な「キ」という形をした棒を、うりゃぁぁと持ち上げ、ぽっかりあいた元の穴に、どうりゃあぁぁと突っ込んだ。ナスミが生きた場所で、オレは生きつづけるぜ。

その瞬間、後ろでいっせいに拍手が起こった。驚いて振り返ると、誰かが退院してゆくところらしく、小さな花束を持った中年の女性が、なごり惜しそうに世話になった人と握手をしている。

それを見た日出男は、自分がやらねばならぬことを思い出した。

「オレ、ナスミの退院手続きしてくるわ」

日出男がそう言うと、鷹子は、

「そっか、退院なんだね」

とつぶやいた。

日出男は今度は忘れないように財布をつかんで、病院の精算所へ向かう。拍手する人たちの間を通り抜けたとき、ナスミの顔を見たような気がした。どこへでも行けと言っていたくせに、日出男が元の場所に戻ることを祝福してくれている。たぶん、それがナスミの本心だ。

退院してゆく人の晴々とした顔を見ていると、ナスミの痛みや苦しみ孤独や不安はもう終わってしまったんだと思えて、日出男は長いマンガの最終回のページを読んでしまったような気持ちになる。

「ナスミ、退院おめでとう」

最終回にふさわしいセリフを日出男は口に出してみる。

「これで、好きなところに行けるよ」

でも日出男は知っている。ナスミが好きな場所は、富士マーケットの埃(ほこり)にまみれたレジ台であり、毛玉のついた笑子ばあさんが編んだ趣味の悪い毛糸の座布団であり、使い勝手の悪い水漏れする蛇口がある台所の流しであり――。それらは全部、日出男もまた失いたくない場所だった。誰かと生きてゆくって、そうゆうことなのかと日出男は思う。思った瞬間、ナスミの低い、からかうような声が頭に響く。

「キザのキだね」

よかった。ナスミはまだ消えていない。いつかは消えてしまうのかもしれないけれど、今はまだ、ここにいる。

日出男は、最終回の主人公のように、ナスミをこの病院という塔の中から解放するため、長い廊下の先に見える外の光に向かって歩いた。

第5話

時計を見ると七時十八分だった。七月十八日だ、ナスミの誕生日だと笑子は気づくが、家にいるのは自分一人きりだったので、その偶然を誰にも伝えることができず、かわいたような気持ちのまま、何か食べる物がないか、あちこち探し回った。何もなかったので、しかたなく仏壇に供えてあった固くなった豆大福を食べると、甘さが笑子の中にひろがって、少し気持ちがやすらぐ。入れ歯では噛み砕けない豆を口の中でよりわけ、ひとつふたつ吐き出していると、ナスミがまだ母親のお腹の中にいたころのことが頭によみがえる。

笑子がナスミの母親の和枝（かずえ）と、台所でえんどう豆をむいているときだった。突然、和枝が隣町の産院で生むと言いだした。長女の鷹子のときは産婆（さんば）さんに来てもらって家で生んだじゃないかと、笑子の手が止まる。産婆さんを家に呼ぶのは、当時、すでに珍しいことだったが、今回もそうするものとばかり思っていたのだ。金だってかかるんだろうと、笑子は不満そうだった。

「でもね、あの産婆さん、来年、八十になるんですよ」

むき終えた豆を平らになでながら和枝は言った。笑子が黙っていると、

「今どき産婆さんっていうのもねぇ。やっぱり、病院がいいと思うんですよね」

ともう一度言った。

笑子は、むき終わったサヤの山の中に、固くて茶色くなってしまったえんどう豆を見つける。開いても、つややかな豆がならんでいるはずもないので、開く前に捨てられた豆だ。それを笑子はむりやり開く。ひからびたちっちゃな黒い豆が三粒ほど、サヤにひっついていて、やっぱり捨てるしかない。

笑子は和枝の夫の叔母で、一度嫁いだが先方と折り合いが悪く、半年で家に戻された。他に行くところがなく、年の離れた兄が継いだ実家に戻って暮らしていた。笑子は、むいてしまった豆のサヤを新聞紙にくるんで、捨てるために立ち上がる。

「子供を生んだこともない者が、よけいな口を出して、すみませんでした」と笑子は憎まれ口をたたいてしまう。

そんないじけた笑子の気を引き立てるつもりだったのか、和枝は次に生まれる子供の名前は笑子おばさんがつけて下さいと頼んだ。ひとつ家の下で暮らすのに、しこりを残してはいけないという和枝の提案だったのだろう。それなのに、笑子は「なすび」と言い張り、和枝を困らせた。夫の有三（ゆうぞう）も「そりゃないよ」と言ったが、うちは富士山の麓（ふもと）で商売してんだよ、長女が鷹子なんだから、次はなすびだよ、と決して引こうとはしなかった。笑子と和枝の攻防はけっこう長く続き、じゃあせめてナスミにしませんかと、有三が口をはさんで、笑子は渋々（しぶしぶ）承知したのである。

ナスミは、見た目より重たい子供だった。抱き上げた人は、たいてい「まぁ」と驚く。放り投げたら、ずいぶん遠くまで飛んでゆくんじゃないかい、と笑子はよく言っていたが、そのコトバ通り、学校を出てこの街で少し働いた後、家を出てしまった。

和枝が亡くなったとき、ナスミはまだ中学生だった。この街での生活にすでに飽き飽きしていたナスミは、自分の家も店も大嫌いで、よく和枝とケンカしていた。和枝が病気になったからといって、つっぱっていたナスミは急に母親に優しいことを言えるような器用な人間ではなかったので、病室でも、よく大声で言い合っていた。和枝はナスミのことだけが心配だとよく言っていた。

本当にそうだったのだろう。ある日、和枝はダイヤの指輪を枕元の引き出しから出してきて、あの子に何かあったとき、これを渡してやって欲しいと、笑子に頼んだ。プラチナ台の立爪(たてづめ)の指輪で、1カラットほどのダイヤがついていた。和枝は、1カラットに少し足らないから安くしてもらったのよ、といつも言っていた。婚約者に買うかという人は、0・9カラットより、1カラットの方が聞こえがいいから、きっとそっちを選ぶのね。だから、こういうのは売れ残るのよ、と指輪を優しくなでながらそう言っていた。有三にもらったのではなく、事務員として働いていた独身時代に、出入りの業者から買ったものらしい。和枝が持っているものの中で、唯一値打ちのありそうなものだった。

それを和枝がどれほど大切にしてきたか、家族はみんな知っている。

「鷹子や月美には、悪いんだけどね。やっぱりナスミなのよ、私が心残りなのは」

と和枝は言った。

「ナスミにだけ、指輪をやったと知ったらもめるよ」

と笑子が心配すると、和枝は「大丈夫」と笑った。みんなには、なくしたって言ってあるから。そう言って指輪をはめると、前より指が細くなってしまっていて、まるで

子供がはめているようだった。それを見ながら、

「私、こんなものが、死ぬほど欲しかったのかぁ」

とため息をついた。

今は、他に欲しいものがもっとあるのだろう。それを聞くのは辛いので、笑子は指輪を預かって、病室を後にした。

和枝が亡くなった後、何年も笑子は指輪を渡せずにいた。ナスミが東京へ行くというのを聞いて、渡すなら今だと思った。

みんなが寝静まった後、ナスミが一人、縁側で庭を見ながらビールを飲んでいた。トイレで起きた笑子は、それを見て、あわてて部屋に引き返し、和枝の指輪を持って、自分もまた縁側に出た。

「ばぁちゃんも飲む?」

とナスミは、笑子のグラスを持ってくる。二人でビールを飲みながら、笑子は指輪を取り出して、和枝に頼まれたことを話し、ナスミに渡した。

「いらないよ。私だけもらうわけゆかないじゃん」

「こっちだって知らないよ。頼まれたんだからさ」

「いらない」

とナスミは突っぱねる。

指輪は、しばらくナスミと笑子の間を行ったり来たりしていた。そのうちナスミが切れて、指輪をつかむと、

「いらないって言ってるでしょッ！」

と夜の庭に向かって投げつけた。

投げた後、ナスミは固まったまま、暗い庭を見つめていた。笑子が台所から懐中電灯を二つ持って戻ってくると、ナスミは庭におりて指輪を探していた。笑子は、黙ってナスミに懐中電灯を渡し、自分も指輪を探した。見慣れた庭なのに、夜に立つと勝手が違う。しんとした匂いに包まれて、二人は知らない場所に立っているようだった。笑子が腰をのばし振り返ると、ナスミは泣いていた。和枝が亡くなったとき、一度も涙を見せなかったくせに、和枝の指輪を探しながら泣いていた。そんなナスミに何を言っていいかわからず、

「母親ってものは、ありがたいよねぇ」

と笑子が言うと、

「なんで、そんなしょーむないセリフ言うかなぁ」

とナスミは泣きながら切れた。

「どーせわたしは、ガッコーもろくに行ってないから、こんなとき何を言えばいいのかわかんないんだよ」

と笑子が毒づくと、ナスミが、

「あった！」

と小さく叫んで、指輪を持つ手を夜の空にのばした。部屋からの光が反射して、ダイヤはナスミの指先に集まった水滴のようだった。指先から、涙が噴き出ているように見えた。

「あんたの涙みたいだね」

と思わず笑子がつぶやくと、

「だから、しょーむないセリフ、言うなって言ってるだろう」

とナスミは、さっきとは違う、おだやかな声でそう言い、少し笑った。

ナスミが病気になって東京から帰ってきたとき、指輪はダイヤの石だけになっていた。プラチナの台は、前歯を折ったとき、どうしてもお金の工面がつかず、四万八千円で売ってしまったらしい。しかし、ダイヤだけは、どうしても売れなかったとナスミは言った。

「だって、質屋のじじぃ、六万って言うんだよ。六万だよ。母さんがあんなに大事にしてたのにさ。絶対、足元見たんだよ。なめられたんだよ、私」

そう言ってナスミは、持って行ったときと同じ、円筒形のフィルムのケースを開けて、石粒になってしまったダイヤを見せた。

ナスミは、それを小学校から使っている自分の机の奥の方に隠していたが、自分が亡くなった後、母親のダイヤがそんなところから発見されたら、鷹子や月美が気を悪くするのではないかと心配になり、見舞いにきた笑子にこっそり相談した。

「大丈夫だよ。ナスミが盗んだということになると思うよ」

笑子が言うと、ナスミは低い声で、

「盗んでないし」

と怖い目で見た。

「いいじゃないか、あんたが死んだ後の話なんだからさ」

と言うと、もう一度、

「でも盗んでないし」

と怖い目で見る。

「じゃあ、どうするんだよ」

「そーなんだよねぇ」

とナスミは、うーんとうなって、そのまま遠くを見ていたが、

「ばぁちゃん、頼まれてくれるかなぁ」

とメモ帳を取り出して、一枚べりっと破った。

「ほら、台所の柱、あるでしょう？　日めくりかけてる柱」

「うん、あるねぇ」

「そこの上の方に、マジックでこんなふうに目を描いてくれるかなぁ」

ナスミは、アーモンド形の目を描いて、その中に丸い瞳を入れ、上と下に睫毛を描き入れた。

「でね、この瞳の所を彫刻刀で円錐に彫って、そこへダイヤを瞬間接着剤で貼って欲しいわけ」

そう言いながら、瞳の部分に矢印をつけて、そこへダイヤと書き込む。

「それをしたら、どーなるんだよ」

「窓だよ」

「窓？」

「そう。あの世とこの世を結ぶ窓。母さんがそこから台所を見下ろせる。私も死んだらそこから誰かが台所で何かこしらえてるの、見ることができるし」

笑子には、ナスミの言っている意味がまるでわからなかったが、とりあえずメモをもらい、ダイヤのありかを聞いた。

「約束だよ。私が死ぬまでにちゃんとやっておいてよ」

笑子は、豆大福の最後の豆を吐き出した瞬間、ナスミのダイヤの約束を思い出した。あのメモは、どこにいったっけ。自分の部屋にある、使ったまま放置してある何枚ものエコバッグをひっくりかえすと、ハート柄のバッグからナスミの描いたメモが出てきた。ナスミの部屋からダイヤを探し出し、安全な踏み台を探し、その前に彫刻刀を探したが、これはなかなか見つからず、店に売れ残りがあったことを思い出し取りに行った。台に上り、柱の上の方に目をつくった。言われたとおり、睫毛も描いた。ダイヤが瞳になるように描いたので、言われなければわからないほどの、とても小さな目になってしまった。ひろげた道具を全て片づけて、ナスミの描いたメモを、ちょっと躊躇(ちゅうちょ)したあと小さくちぎってごみ箱に捨て、証拠を隠滅してから、もう一度、台所の柱にほどこした自分の仕事を見上げた。柱の瞳は、夜の庭で指輪を探したとき、「あった！」と叫んだナスミの指先に光っていた水滴のようだった。

ナスミは、今泣いているのだ、と笑子は思った。あのときのように。そっと、泣いている。悲しい涙じゃなくて、感謝でいっぱいになって泣いている。共に生きた喜びで泣いている。七十年以上も生きていると、そのことがよくわかる。一緒に生きるというのは、そういうことだと笑子は思う。

そして遠からず、自分もあの柱の目からこちらをのぞくのだと想像すると、死ぬのはそんなに悪くないことだな、と笑子は思った。

第6話

「おい、聞いたか？」

マンボが、扉を開けるなり、そう言った。

清二（せいじ）が客のヒゲを剃（そ）る手をとめて、ふりかえると、マンボは待合のソファにすわらず立ったまま雑誌を選んでいた。清二と同じ中学の同級生で、すでに白髪がまじっている。今は実家の食堂を継いでいて、従業員に社長とよばせている。

「オグニ、死んだらしいぞ」

最新号のマンガ雑誌を見つけ出したマンボはソファに深くすわり、ページをめくりながらそう言った。

清二は仕事に戻るが、頭はオグニ、オグニと考える。あっ、そっか、小国ナスミか。

「なんでまた」

「うん、今朝、病院っていうから、どこか悪かったんじゃないの？」

「急な話だな」

清二がまだ信じられずにそう言うと、ヒゲを剃られていた客のジイさんも、

「あー、あの何でも屋の娘だな。まだ若いのになぁ」

と息を吐き出すようにつぶやいた。

「今夜、通夜だって、行く？」

「お前は？」

「オレ？　オレは取引先だから行かねばならないんじゃないの？」

いつ入院したのだろう。療養は長かったのか、短かったのか。入院したとき、すでに手遅れだったのだろうかと、清二は今さら考えてもしかたないことを思う。

「ガンだったのかなぁ」

「ガンだったんじゃないの？」

マンボの語尾が少し上がる軽い返事に清二は少しイラッとなる。

「そーいや、お前、オグニと付き合ってたんだよなぁ」

マンボにそう言われて、清二の体の中で忘れていた何かが逆流する。ヒゲを剃り終えたジイさんは、熱いタオルの下で聞き耳を立てているにちがいない。

「だって、チュウボーのとき、家出したんだろ？　オグニと」

なおもその話題を続けるマンボに、清二は妻の利恵(りえ)が今にも買い物から帰ってくるのではないかと気をもみながら、

「してねーよ」

と小さな声で、でも強く否定した。

「いや、オレはオグニから直接聞いたぞ。二人で家出するつもりだったのに、お前が日にち間違えてケンカになって、それで家出の話はうやむやになったって」

そうだった。中三の冬休み、ナスミと家出をしようとしたのは本当だった。でも、清二が日にちを間違えたのではない。約束の時間に来なかったのはナスミの方である。清二はすっぽかされたというか、後で思うとたぶんふられたのだった。新学期が始まると、家出未遂の話は誰もが知っていた。

ナスミは自分から家出を持ち出しておきながら、直前になって来なかった理由を、オハギづくりで大変だったからと説明した。そんなの前からわかってることじゃないか、と清二が責めると、だって、超忙しいんだよ、人手が足りないっていうのに、店

抜け出せるわけないじゃん、と逆切れされた。

ナスミの家は、小さなマーケットストアを営んでいる。駅前の大型スーパーの進出でいつつぶれてもおかしくない状態だったが、笑子ばあさん手づくりのオハギが人気で、店はいまだに続いている。特にお彼岸(ひがん)やお盆、正月は家族総出でオハギをつくるのだと、清二はナスミから聞かされていた。

ナスミの家のクリスマスツリーは、枝の間に大量の綿がぎっしりと詰め込まれていたらしい。それは布団を打ち直したときの古い綿なので、黄ばんでいる上、もったりと重い固まりなので、とても雪には見えないのだそうだ。そんな綿の隙間に、小さな大黒様(だいこくさま)や餅花(もちばな)やミカンなどが、これでもかッというほど突っ込まれているのだとナスミは言っていた。「ホラーだよ、ホラー」と真顔で清二を見て、「なーにが悲しくて、あんなダサイ家でクリスマスやんなきゃなんないわけ?」とナスミは愚痴っていた。だから、東京の本物のツリー、ナスミいわく見上げるヤツ、を見に行こうかという話に二人は大いに盛り上がった。どーせなら、日帰りじゃなくて三日ほどかけて、渋谷とか原宿とか青山とか築地とか浅草とかにも行きたいよね、やっぱり決行は冬休みかな、冬休みだけじゃ足りねーんじゃないの、っていうか、そのまま住んじゃうのもありかもという話にまでなっていたのだ。なのに、突然の裏切りに、清二の怒りはおさまらなかった。

その後、二人は口もきかなかったが、なぜか噂は、清二の方が家出の日にちを間違えて、それでケンカになって別れたらしいということになっていた。ナスミのやつ、なに言いふらしてんだよ、と清二は当時、怒っていたが、それはナスミの気のつかい方だと、卒業する頃に気づいた。清二がふられたことにならないように、ということだったのだろう。そうだった。ナスミはそんな女の子だった。

「日にち、間違えてなかったら、お前、ナスミの亭主だったのかな？」

マンボもまた、マンボなりのナスミの思い出を頭の中でめぐらせているのだろう。マンガ雑誌から顔を上げ、そう言った。

妻の利恵が戻ってくると、さすがにマンボもナスミの話をぴたりとやめて、最近はまっている苔の栽培についてしゃべり始めた。

空気を読めない客のジイさんが何か言いださないかと心配で清二が振り向くと、あごを突き出し、口を大きく開けて眠っていた。利恵もつられてジイさんの方を見ると、

「ヤだ。死んでる人みたい」

と笑った。

電池が切れたみたいに眠っているジイさんが、ある日、突然動かなくなったカナブ

ンみたいに見えて、気がつくと清二は涙を出していた。

それを見た利恵が驚いて、

「どうしたの？」と聞くと、

「いや、人って死ぬんだなぁと思って」

清二は、利恵に見られないよう涙をふく。ちらりとマンボを見ると、オレにはわかるぞと言わんばかりに、こちらを見てうなずいているのが腹立たしい。でも、マンボはしゃべらないだろう。イラッとさせられるヤツだが、そのへんのことは信じている。

「あったり前じゃないッ！　私もアンタも、あそこでヘラヘラ笑ってるマンボもみんな死ぬに決まってるの。なに大発明みたいに言ってるのよぉ」

利恵は爆笑して清二の背中をたたく。たたかれた清二は、そうじゃなくて、と思うが、うまく説明できそうもない。

暑い、あの教室で、下敷きでぱたぱたスカートの下をあおいでいたナスミもまた、今朝、このジイさんのように、突然動かなくなってしまったんだと思うと、悲しみというか、不条理というか、見たくもないのに無理やり見せられた手品を目にしたような心持ちで、どうリアクションすれば正解なのか、よくわからないのだ。

だから、ふいに涙が出た自分にあわてた。悲しみより先に出た涙は、自分が冷静な分、その形状や位置が、いやによくわかった。ぽろんぽろんと水の粒が目の端から頬へ、移動してゆくのが文字通り肌でわかる。

「そのとき、泣いた?」

中学のとき、ナスミに聞かれ、

「んなもん、泣くわけないだろう」

と言ったのを清二は思い出した。

胸元にエンジ色のリボンが揺れていたから、冬の制服だったのだろう。振り向いたナスミは、ショートカットの頭だった。

「オレが泣くときは、財布を落としたときだけだよ」

「なんだよ、それ」

ナスミは気が抜けたように笑った。

あのとき、清二とナスミは同じ学年だったが、一緒のクラスになったのは一年のときだけだった。だから三年になって、放課後、金網越しに、ぼんやり野球部の練習を見ていたナスミを見つけたとき、別に声をかけるつもりはなく、それは向こうも同じだと思っていた。

清二は、野球部だったが、ケガが元で退部してしまった。それ以来、部員たちが練習している姿など見たくもなかったので、そんなところで立ち止まるわけにはゆかなかった。なのに、その日、清二の一番イヤな場所でナスミが声をかけてきたのだった。

「ナカムラってさ、野球部じゃなかったっけ？」

よりによって、ナスミは一番聞いて欲しくないコトバを言い放った。たしかに持っているバッグは部員たちが持っているのと同じようなものだが、今はユニホームではなく、教科書とかマンガ本とかゲーム攻略本しか入っていない。清二が無視を決めて行こうとすると、ナスミはしつこく、なおも引き止める。

「今日、練習、さぼったんだ？」

真っ直ぐにナスミに見られて、清二はしかたなく本当のことを言う。監督にいいところを見せようとフェンスによじ登ってフライをキャッチした後、そこから落下してしまい、足の骨を折ったこと。金属のプレートを骨にとりつける手術をして、それから何カ月も経ってから、そのプレートを取る手術をしたこと。その後、元のようにプレーできるつもりでいたのに、練習不足なのか、うまく足が治っていなかったのか、それともケガのトラウマで思いっきりプレーできなくなったのか、自分がいない間に他のチームメイトが団結したかのように思えて気をなくしたのか、とにかく試合に出してもらうチャンスはどんどん減ってゆき、出してもらっても全く力が発揮できず、結局やめてしまったということを話して聞かせた。

ナスミは黙って聞いていた。そして、清二に聞いたのだ。

「そのとき、泣いた？」

清二は泣かなかった。正確に言うと、泣くという選択肢があるとは思っていなかった。泣くというより、気をまぎらわせるのに必死だった。そのことについて、一秒も考えたくなかった。そういうことはナスミには説明しなかった。してもわかりっこない、と思ったからだ。

次の日、教室で、ナスミは最近、母親を亡くしたばかりだということを友人から聞き、ぼんやりと金網にしがみついていたのは、彼女もまた大事なものを失ったからなのかと気づいた。

帰り道、つまらなそうに一人歩くナスミを見かけたとき、ファストフード店に誘ったのは清二だった。よくわからないが、不公平だと思ったからだ。ちゃんとナスミの話も聞かなければならないと思った。自分から話してくれればだが。

ナスミは、実は自分も泣かなかったんだよねぇという話をした。母親の病状が悪くなってゆくのに、突然良い子になるのって、なんかロコツって言うか、あんた余命わずかですよって言ってる感じじゃない？　そうゆうカットーっていうの？　そんなのがあって、素直になれなかったのよ。それがよくなかったのかなぁ。母親が亡くなっても、やっぱり素直になれなくて、私、ゼンゼン泣かなかったんだよねぇ、とストローでもうほとんどない飲み物をいつまでもしつこく吸いながら、そんな話をした。

「私、冷たい人間なのかな？」

ナスミは、気弱く笑いながらそう言った。

「そうじゃなくて」

と清二は言ったが、その後のコトバは考えてなかった。「そんなことないよ」と言うつもりだったが、そんな使いふるされた、ありきたりの慰めをナスミに言いたくなかった。

「そうじゃなくて、本当に大切なものを失ったときって、泣けないいんじゃないかな」

清二のもっともらしい顔を、ナスミはちょっと笑う。

「じゃあ、いつ泣くのよ？」

清二は、少し考えて、

「あれは大切なものだったなぁと、後から思ったときに泣けるんじゃないの？」

でまかせだったが、清二は案外、本当にそうなんじゃないのと自分でも思う。

ナスミは、ふうんと遠くを見ながら、

「私、まだ過去のことじゃないんだ」

「うん、そう。オレも、まだ過去になってないんだな、部活やめたこと」

清二はおかしかった。こうやって、昼下がり、ポテトを食べながらコーラを飲んでいる二人が悲しみの真っ只中にいるなんて、そのことについて話しているなんて、誰も知らないのだ。そして、泣けないぐらい悲しいことが、この世にあるってことを、オレたちは知っている。こんなにありきたりの風景の中にいるというのに。

だから、ナスミがツリーを見たいと言ったとき、絶対にかなえてやりたいと思ったのだった。そうすることで清二もまた失ったものを取り返せると、なぜそんなふうに思ったのかわからないが、とにかくそう思ったのだ。

清二は、理容室のレジから、母親の財布から、父親の五百円玉貯金から、毎日少しずつかすめ取って、東京行きのお金をつくっていった。いざとなったら千葉に引っ越した友人の家に泊めてもらうつもりだった。その手紙もすでに投函した。友人への手土産、といっても商店街の店先で焼いているバットやグローブをかたどった野球カステラだが、それもちゃんと用意した。

なのに、ナスミは来なかった。オハギをつくっていて行けなかったというのは、ウソだったのではないかと今の清二は思う。今でも気になっているのは、家出の前日、ナスミが清二に念を押すように聞いたことだ。

「本当はさ、一緒に行くの、私じゃなくてもいいんだよね」

そうナスミに言われて、清二は何を今さらと思った。

「オグニとじゃなきゃ、意味がない」

「どうして私でなきゃ意味がないの？」

「——そりゃ、好きだからだよ」

そう聞いて、ナスミは黙ってしまった。嬉しいという顔でもなく、不愉快という顔でもなかった。清二は気をもんだ。間を置かずもう少しはやく言えばよかったのだろうか、それとも声のトーンがまずかったのか。「好き」なんて、軽々しく言うべきではなかったのか。

「オグニの方はどうなんだよ。そっちこそ、本当はオレとなんか行きたくないんじゃないのか」

沈黙にたえきれず、清二が聞くと、

「そんなことない。私も、ナカムラのこと好きだよ」

とナスミはぶっきらぼうに答えた。

ナスミはあのとき、もっと違う答えを期待していたんじゃないだろうか。そのことを思い出すたびに、清二はそう後悔してきた。何が正解だったのか、何十年かの間、思い出しては答えを探すが、今になっても思い当たることはない。

清二が「バーバー・ナカムラ」の看板の電源を切って、シャッターを下ろし、店内に入ると、利恵が明日使う大量のタオルを一枚一枚たたんでいた。手だけ見ていると、ロボットのように規則正しかった。ヒゲ剃り用の石鹸を泡立てているときも、客の襟足に汚れないよう薄い紙をあてるときも、利恵の手の動きには無駄がない。清二は今日一日、利恵のそんな動きばかり見ていた。そうすると、心が落ちついてくるのだ。

ふと、利恵に全部話してみたくなった。中学のオレは、あのとき、なんと答えれば正解だったのか。利恵なら教えてくれるような気がする。

「あのさ、今日、オレ、通夜に行くって言ってただろ。その死んだヤツっていうのはさぁ」

「知ってる。一緒に家出しようと思った子なんでしょ？」

マンボから聞いたと利恵は言った。

清二はマンボを少しの間でも信じたことを悔やんだ。だったら、ちゃんと本当のことを聞かせなければならない。清二は、マンボの知らない本当の話を聞かせて、「好きだからだよ」と伝えたときのナスミの表情がいまだにわからないのだと白状した。

ふんふんと聞いていた利恵は、

「それは、あんたがウソをついたから、そんな顔をしたんじゃないの」

と断言した。

「ウソなんかついてない。そのときのオレの本当の気持ちだよ」

「そうかなぁ。そのとき、ナスミさんより好きなもの、あったんじゃないの?」

「二股ってことか? 冗談じゃないよ。そんなことしてねーし」

「じゃなくて、そのとき、あんたが本当に好きだったのは野球でしょ?」

清二は絶句した。その通りだった。まだ野球に未練たらたらだった。あきらめきれず、もんもんとしていた。

「そのことを知っていたんだね、ナスミさんは」

清二は、ナスミのいつも笑ってるように見える、そのくせ人を見透かすような瞳を思い出す。

「でも、ナスミさんもウソついたんだね」

清二は「ん?」という顔で利恵を見る。

「本当は、あんたじゃなくて、お母さんに好きって言いたかったんじゃないかなぁ」

清二の頭にあった、何十年ももやもやしていた霧のようなものが、利恵のコトバで一瞬にして晴れてゆく。そうか、そうだったのか。オレたちは、自分自身に互いにウソをついていたのか。ナスミが約束の場所に来なかったのは、「それは違うよ」というメッセージだったのだ。

「はやく行きなよ。あんまり遅くなったら、向こうも迷惑だよ」

「うん、そーだな」

清二が奥に入ると、喪服が掛けてあって、テーブルに数珠と香典が置いてあった。香典の中身もちゃんと入っていた。清二が喪服に着替えて出て行こうとすると、利恵が「ちょっと待って」と店に走ってゆく。小さなバリカンを持ってきて、清二の肩にタオルをかけて襟足にバリカンの刃をあてる。利恵の柔らかい手とバリカンの機械音のアンバランスな感じが、清二はとても好きだった。

「みんな、こういうとこ見てんのよ。あんた散髪屋なんだからさ」

「うん」

利恵はタオルを取って、襟足を丁寧にぬぐい、一丁上がりというように清二の背中を押し「いってらっしゃい」と笑った。

清二が最後のお別れで見たナスミは、「そのとき、泣いた？」と聞いたときと同じショートカットだった。清二の体の奥から、あのとき、自分が言わねばならなかったコトバがあふれてくる。

オレは、さびしかった。誰かに優しくしてもらいたかった。泣きたかった。側にいて欲しかった。一人だった。ものすごく一人だった。なんで一人なんだと怒っていた。ずっと怒っていた。なのに怖かった。怖くてさびしかった。わかるよって言って欲しかった。誰かとずっと一緒にいたかった。

清二は、ナスミと話したファストフード店を思い出す。二人が悲しみの真っ只中にいたことを。あれは、悲しいけれど、少し甘酸っぱい時間だった。同じぐらい悲しかったのに、二人は決して交わらず、別々の悲しみを抱えて途方にくれていた。ありきたりの風景の中で、ただただ立ち止まるしかなかった。

通夜からの帰り、清二の足は、履き慣れない黒い革靴が固いせいか、歩くたびにカカトがこすれ、どんどん痛くなってくるようだった。

「でも、歩いていかなきゃなんないんだな、人生は」

清二の口から、そんなひとり言が出る。ナスミが約束の時間に来なかったのは、そう言いたかったからだろう。それでも生きてゆかねばならない。しかもたった一人で。現に、今日、ナスミは一人で逝ってしまった。

でも、あのときに比べれば、まだましだと思う。あいかわらず一人には違いないが、少なくとも今の自分には行き先がわかっているのだから。とりあえず、今オレは、利恵のいる場所を目指して歩いている。そう思うと、たった一人で歩くことは、全然怖くなかった。

第7話

ぐにゃりとまがった青いプラスチックの容器が、いつまでも洗面所にあったのは知っていたが、鷹子がそれはうちのものではないと気づいたのは、ナスミが亡くなって三日目の早朝だった。

葬儀の打ち合わせや、親戚知人への連絡、遠方の客のための宿泊の用意、通夜に来る客のための出前の連絡、喪服をタンスから出して風を通し、着て、また風を通してタンスにしまってと、この二日間はただただ何も考えない時間が過ぎてゆくだけだった。ようやく自分のリズムで動いてみようかという気持ちになり、鷹子はまだ出社するわけでもないのに、朝の四時過ぎに目を覚ました。洗面所の鏡で自分の顔を見るのも、久しぶりの気がする。

ぐにゃりとまがった容器は、ガーグル・ベースという、うがいのときに吐き出した水を受けるものだった。マジックで黒々と「外科」と書きなぐっている。病院から出るとき、病室の備品を間違って持って帰ってきたらしい。ナスミの最後はガーグル・ベースなんて使えるような状態ではなかったのだけれど、それでもベッドサイドに置いてあったのだろう。店は今日も休業だし、病院へ戻しにゆくことにしようと、鷹子は髪を洗う。

つい何日か前までは、ほぼ毎日顔を合わせていたというのに、顔見知りの看護師が懐かしそうに手をふって寄ってくる。ナスミが病院にいたことが、すでに遠い過去のようだった。

「ちょうど、よかった。渡したいものがあったの。ちょっと待っててくれる?」

看護師は、そう言って詰め所に消え、すぐに分厚い封筒を持ってやってきた。

「これ、小国さんに渡すべきかどうか、悩んだんだけど、やっぱり見てもらった方がいいかなと思って」

鷹子が看護師からふくらんだ封筒を受け取ると、そこに住所はなく、小国ナスミ様とだけ書かれていて、封は開いていた。

「ごめんなさい。場合によっては警察に届けなくてはいけないような内容かもしれないと思って、念のため開封させてもらったの」

鷹子は、裏返して差出人を見るがまったく見覚えのない名前と住所だった。

「名前、心当たりがないでしょうから、気持ち悪いでしょう？　ここで読んでしまって、いらないようなら、うちで処分するけど、どうする？」

鷹子は、詰め所の前の長椅子で読むことにした。看護師は、手紙を渡した後、少し心配そうに鷹子を見ていたが、すぐに仕事に戻っていった。

鷹子が手紙を開くと、レポート用紙のようなものに、びっしりと文字が書かれていた。黒いボールペンで書かれた手書きの文字は、きれいな字とはいえなかったが、小学生が一生懸命書いたような、そんな字だった。

小国ナスミ様

先日、病院で声をかけられ、大変驚きました。佐山啓太と申します。名前を言ってもわかりませんね。あなたと、その昔、とどろき公園で会った男です。

入院中のあなたに病院で声をかけられたとき、私の体はすくんでしまい、声を出すことができませんでした。もう三十七年ほど前のことで、私自身忘れていたことです。いや、忘れたいと思っていたことです。できればなかったことにしたい思い出です。だから、病院の外来のソファであなたに声をかけられたとき、私は一目散に逃げてしまいました。今も昔も卑怯(ひきょう)な男です。

私が少し前から耳鼻科に通っていたのをあなたは知っていたのですね。さすがに、最初は私だとは気づかなかったでしょう。何しろあれから三十七年も経つのですから。週に一度の診察で、あなたは遠くから私を見て、あのとき、とどろき公園で会った男だと気づいたのではないですか。悪いことはできないものです。

あなたは、私が待合のソファで、もつれた孫のあやとりの毛糸をほどいていたら、さりげなく私の横にすわり、「私、やりましょうか」と言って、私から毛糸を取り、するすると上手にほどいてくれました。そして、顔を上げずにこう言いました。

「なんで私を殺さなかったんですか?」

私は心臓が口から飛び出そうになりました。実際、あのとき、口を押さえたかもしれません。

「とどろき公園で、私にいたずらをしようとした人ですね」

あなたがそう言って、私の目をのぞきこんだとき、口の中の水分が一瞬でなくなるのがわかりました。怖かったです。あんなに怖いことはなかったです。

私はあなたを残し、孫の手をつかみ、走って走って、気がつくと駅のトイレの前にいました。そうです。あのときと同じです。あなたに声をかけて、あなたの腕をひっぱり、夢中で歩いて歩いて、はッと気づいたとき、公園のトイレの前でした。私は孫に「おじいちゃん、イタいッ」と言われて、ようやく我に返りました。それもあのときと同じです。六歳のあなたは、公園のトイレの前で「イタいッ！」と私を突き刺すように言い、私が手をはなすと、今度は、あなたは私を気づかうような目で見つめていて、それで私は我に返ったのです。

「なんで私を殺さなかったんですか？」

とあなたに言われてから、そのことについてずっと考えました。今まで、こんなにひとつのことについて考えたことはありません。でも、この問いには答えなければならないと思ったのです。だって私は、あのとき、あなたを殺すつもりだったんですから。

　性的な欲望を抑えきれなかった、というようなことではありません。それより、もっとひどい理由です。お金です。人に頼まれたのです。六歳ぐらいの女の子をさらってきて欲しい。連れてきたら借金をチャラにするというのです。そのときの私の借金は八百万円で、利息を返すのが精一杯の状態でした。毎日、お金のことばかり考えていました。

結婚して息子が二人いました。寝具メーカーの営業で、会社の同僚は私を調子のいい軽いヤツだが、悪い人間だとは思っていなかったと思います。誰も私にそんな借金があったとは知りませんでした。私は頼まれると、何でも「いいよ」と言ってしまう癖があって、今思えば見栄っぱりだったのでしょう。飲み代や、友人のちょっとした借金を立て替えてやったり、女の子とのアバンチュールにホテルのスイートを利用したりしたのが借金の始まりでした。

幼女をさらってこいなんて、頭のおかしいことを言うヤツだと、今なら思います。でもそのときは、私の頭にはお金のことしかなかったのです。そんな状態は、普通の暮らしをしている人には、想像もつかないと思います。もう本当に、頭がお金のことだけでいっぱいいっぱいになってしまうのです。先も見えず、苦しさだけが重くのしかかってくる。とにかく、そんな状態から私は逃れたかったのです。

しかし、他人の子供をさらうことなど、とてもできない相談です。私がしぶっていると、息子の高校入試も何とかできるかもしれないと相手は言いだしました。恥ずかしながら、上の息子は中学校でなんやかやと問題を起こしているときで、私の悩みのタネでした。息子がここで人生につまずいてしまうのではないかと、ずっと心配していたので、ちゃんとした高校に入れてくれるというのは、本当にありがたい話でした。私は息子のために引き受ける決意をしました。いや、息子のためというのはウソです。自分がほっとしたいために「やる」と言ってしまったのです。そして、私はとても大事なものを失ってしまいました。

あのとき、私は考えるのをやめてしまったのだと思います。考え続けることが苦しくて苦しくて、考えることから降りたくて、「やる」と言ってしまったのだと思います。

私は女の子を探しました。しかし、見つけても逃げられてしまったり、思ったようにうまくゆきませんでした。期限がきられていたので、私は少しあせり始めていました。

朝の公園を、牛乳のパックを抱えて横切ってゆくあなたを見たとき、もうこれで決着をつけようと思いました。

「このへんに、歯医者さんあるかな?」と私が話しかけると、あなたは、

「おじさん、虫歯なの?」

と愛想よく答えてくれたので、私に少し余裕がでました。

「うん。見せてあげようか」

私が口を開くと、あなたは真剣にのぞきこんで、

「ねぇ、どれが虫？　どんないろしてるの？」

としつこく聞いてきました。私は「なんだ、簡単じゃないか」と思いました。もっとたくさん虫のいるところに連れていってあげると言い、後は薬で眠らせ、車に積んで約束の場所へ連れてゆけばいいのですから。その後のことは考えないようにしていました。八百万円と息子の高校入学。それだけのものを払うのですから、女の子がどうなるかは、想像したくもありませんが、最終的に殺されることになっても、不思議ではないと思っていました。


あのとき、私はどんな目をしていましたか？　顔色はどんなでしたか？　それでも人間の顔をしていたのでしょうか。私の頭の中には、たったひとつのことしかありませんでした。お金のことでも、あなたのことでもありません。とにかく、やりきるのだ、ということだけでした。

「どうして殺さなかったのか？」

という質問でしたね。


私が必死にリュックの中にあるはずの薬を探していたとき、あなたがふいに歌いだしたのです。覚えていますか？　あなたが口ずさんでいた歌を。

お茶をのみにきてください
はい、こんにちは
いろいろお世話になりました
はい、さようなら

私は、あなたの歌う、いかにも子供らしい声を聞きながら、あなたには、これから何人も何人も会う人がいて、あなたと別れを告げる人が、それと同じ数だけいるんだなと思ったのです。へんな話ですが、そのとき、なぜか野球場に湯飲みがずらっと並んでいる風景が見えました。それは、私がこれまでに誰かと会ってお茶を飲んできた数であり、これから飲むであろう数だったのだと思います。そのとき、あなたの湯飲みはどうなんだろうと考えました。広い広い野球場に、十個ばかり並んでいるだけでした。

あなたとここで会って、あなたが人と出会うのを私で終わらせようとしている。それは、何かとんでもない間違いのような気がしました。私に会ったのなら、私はちゃんと「さようなら」を言い、次の人につなぐのが、人生というゲームの絶対に守らねばならないルールではないかと、そう思ったのです。

私はあなたの「さようなら」を忘れることができません。歩道橋の階段を牛乳を抱えながら、一段一段慎重に降りてゆきながら、何度も何度も振り返って、「さようならぁッ！」と絶叫しながら手をふってくれました。私は、「さようなら」を言うのも忘れて、ただそれを見ていました。

これは、答えになっているのでしょうか。

あなたに会うのが怖くて、しばらく耳鼻科に行けませんでした。しかし、ちゃんとあなたに伝えなければいけないと思い、また通院を始めたのですが、あなたの姿はありませんでした。きっと退院されたのですね。

私の人生はひどいものだったと思います。その後、借金で長く苦しみました。上の息子が若くして薬物中毒で亡くなってしまったのも、私のせいのような気がします。しかし、あなたを殺してしまうようなことになっていたら、こんな人生ですらなかったのですから、それを思うと、あなたの歌のおかげで、私は人生そのものを失わずにすんだのかもしれません。生きているあなたを、大人になったあなたを、見ることができて本当によかった。あなたを殺すことにならなかったことに感謝しています。

あなたは、野球場に湯飲みをびっしり並べるほどの人と出会ったのでしょうか。三十七年ぶりに会ったあなたは、とても穏やかな顔をしていました。それを見ると、満ち足りた人生を送ってきたのだということがすぐにわかりました。私は、あなたが出会った全ての人にありがとうと、言ってもらったような気がしました。あなたは、そんな顔をしていました。それはつまり、自分の人生を肯定してもらえるような、そんなものが私の人生に、たったひとつでもあったということだと思いました。そして、それは私には大きな喜びです。

耳鼻科の看護師さんにこの手紙をたくすことにしました。本当はダメだそうですが、私があまりにも落胆していたので、気の毒に思ってくれたようです。もし、あなたにこの手紙が届いたのなら、こんなに嬉しいことはありません。私のただひとつの心残りは、三十七年前に、あなたに、ちゃんと「さようなら」を言わなかったことです。それなのに、病院の待合室で声をかけられて、またもや私は挨拶もせず逃げ出してしまったのです。出会ったら別れの挨拶をする。それがこの世のルールです。

六歳のあなたに、本当にお世話になりました。ありがとう。そして、さようなら。

佐山啓太

鷹子が手紙から顔を上げると、急変した患者を、看護師が三人がかりでどこかへ運んでゆくところだった。さっき手紙を渡してくれた看護師もいて、打って変わった真剣な顔つきで、小走りでエレベーターに向かってゆく。

鷹子は、ナスミが入院するまで、死がこんなに身近にあるとは気づいていなかった。父や母が亡くなったときは悲しかったが、どこかしかたがないという思いがあった。しかし自分より若いナスミが、こんなにはやく亡くなってしまうのは、絶対に納得できる話ではなかった。だが鷹子はこの手紙を読んでいるうちに、私たちは、本当はとても危うい世界に生きているのだと思った。

あの朝、ナスミに牛乳を買いに行かせたのは、鷹子だった。朝の牛乳が切れてしまい、あいにく店にもまだ牛乳は届いておらず、母に買いにゆくよう言われたのだった。しかし、鷹子は行くのが面倒だったので、後出しジャンケンでナスミに行かせた。インチキをしたのは、その日が初めてだったのでよく覚えている。もし、あの朝、ナスミが家に帰ってこなかったら、自分の人生はもちろん、三十七年後の今も家族に暗い影を落としていただろうと思う。そうならなかったことに、ほっとする。誰も恨まずに今ここにいる。それは何よりも幸せなことのように鷹子には思えた。

一生懸命書かれた文字に、もう一度目を落とした鷹子は、男がナスミに会って、自分の人生を立て直したのは、単なる偶然ではないのかもしれないと思った。書かれている文字は、何かに流される人のものではないような気がしたからだ。男の無意識が、知らず知らずのうちに自分を元に戻してくれるナスミを選んだのではないか。ナスミは、自分を助けるために、知らず知らずのうちにあの歌をうたったのではないか。

そんなことを思っていると、この手紙が自分に届いたのは、ナスミの意図のような気がした。自分が亡くなった後、少しでも鷹子の悲しみを軽くしようという、ナスミの気づかいだと思った。

鷹子は、手紙をバッグの底にしまって病院を出た。そうだ、明日の牛乳を買って帰ろう。明日からまた店に届くけれど、久しぶりにそれじゃないやつを買って帰ろう。

あれは何のときだったか、青空にくっきり見える富士山を背景に、ナスミが仁王立ちになり、

「よいことも悪いことも受けとめて、最善をつくすッ！」

と言い放ったことがあった。思えば、ナスミはその通りに生きた。自分の思い通りにならぬこともあったはずなのに、いつも笑いとばした。

外は、普段と変わらぬ見なれた街で、そこに運命の縦糸と横糸が張りめぐらされて

いるようには思えない。でも、目に見えなくとも、それはたしかにあるのだ。柔らかく編まれた毛糸のように、人と人とが、ゆるくかかわりながら、時には思わぬ展開を見せ、あらゆることがすすんでゆく。

「さて、そこに身を投じますか」

鷹子はそうつぶやいて、暖かい日射しの中ゆっくりと駅に向かって歩き始めた。

第8話

加藤由香里と名乗る女性から、

「ナスミさんが亡くなったとお聞きしたのですが」

と電話があった。

鷹子がまったく聞いたことのない名前だったので、少し警戒しながら、ナスミとどういうお知り合いでしょうかと聞くと、相手は黙ってしまった。しばらく間をおいて、

「一度だけ、入院されてるときに、お見舞いにうかがったことがあるんです」

と言った。

そういえば、鷹子が仕事の昼休みを利用してナスミの病室に顔を見せたとき、入れ

違いに見舞いに来た若い女性がいたことを思い出した。鷹子がそのことを言うと、

「そうです。そのときの者です」

と声をはずませた。明るい声を出したことを不謹慎と思ったのか、その後すぐに声を落として、

「実はすぐ近所まで来ているので、もしよろしければ、お線香をあげさせていただいてもよろしいでしょうか」

と打って変わって低い声で言う。鷹子は、どうぞ来て下さい、と電話を切った。

鷹子は、大急ぎで座敷机の上や下に散乱した煎餅のクズや、使った湯飲みやお菓子の包み紙、新聞雑誌を片づけながら、電話の声を聞きつけ偵察にきた笑子ばあさんに客用の座布団を持ってくるよう頼んだ。笑子は座布団と、気をきかせたつもりなのか店の売り物である上用饅頭を持ってきた。鷹子が、

「ちゃんとレジ通した?」

と聞くと、笑子は、

「オレが食うんじゃないよ。客が食うんだよ」

とヘソを曲げる。誰が食べようと、在庫が合わなくなるからレジを通さなければダメなの、と鷹子は何度となくしてきた説明をするのだが、笑子にはいまだにドンブリ勘

定の商売が抜けないようで、うるさいうるさいと逃げてゆく。しかし、客のことが気になるようで、自分の部屋まで逃げることなく、台所の食器棚の陰から、

「で、そのカトーユカリって何者だい？」

と、ちゃんと電話を聞いていたらしく興味津々で聞いてくる。

「ナスミの東京のときの友だちみたいなのよね」

と鷹子が言うと、

「きっとあばずれだね」

と笑子は決めつけた。

　やってきた加藤由香里は三十代後半ぐらいで、青のフレアスカートに白い襟が印象的なシャツ、それに紺色のカーディガンという清楚な服装で、髪もきれいに結い上げ、しゃべり方もはきはきした感じのいい女性だった。

　笑子は、加藤由香里を招き入れる鷹子の後ろで、それでもまだ信用できずに「ふーん」と値踏みするような顔で見ていた。

　仏壇の前にしつらえた、真新しい白木の台の上にあるナスミのお骨を見ると、加藤由香里は「小国さ～ん」と泣きそうな声を出して駆け寄ったが、すぐに自分の立場を思い出すと、礼儀作法通りに座布団に座って、線香に火をつけ合掌した。

笑子は、客が持参したお供えの箱が東京の有名果物店の包み紙であることをめざとく見つけ、仏壇から加藤由香里が離れるやいなや、その包みを抱え、あたりを油断なく見澄まし、自分の部屋へ一直線に、野良猫のような素早さで消えた。

そんなことはいつものことなので、鷹子はいまさら驚かないが、加藤由香里は、そんな笑子の行動を目の当たりにして、

「本当なんだぁ」

と感嘆の声を上げた。振り返る鷹子に言い訳するように、

「小国さんから聞いていた通りだから」

と消えていった笑子の方を見ながら言うと、鷹子はあぁ、と笑った。

「きっと、大げさに言ってるんだって」

「見たとおり。ナスミから聞いてる以上だと思うよ」

鷹子は、ナスミが笑子のもの真似がとても上手だったことを思い出し、くすくす笑った。

加藤由香里は、鷹子がお茶を出す間も、別のことに気が走っているようで、しきりに台所の方をのびあがるように見ていた。

鷹子に、

「何か気になりますか？」

と聞かれ、加藤由香里は覚悟を決めたような顔になって、

「実はわたし、霊感のようなものがありまして、なにかあちら方向に強い力のようなものを感じるんです」

と一気に吐き出すように言った。その表情が高い所から飛び込むような、切羽詰まったものだったので、鷹子は気をのまれ、

「あ、そうですか」

という、まぬけな返事しかできなかった。

「ちょっと見させていただいてよろしいでしょうか」

加藤由香里は、もう立ち上がっている。鷹子はなんだかよくわからないまま、台所に案内した。

加藤由香里は、「すみません、すみません」と言いつつ、あちこちをさがしまわった。テレビで見た霊媒師みたいな動き方だ、と鷹子は妙なところで感心する。

「あッ、アレですね」

と加藤由香里は、天井を見上げて、目を凝らしてそう言った。鷹子もそれにつられて見上げるが、何のことなのかわからない。

「ほら、あそこ」

加藤由香里がカレンダーが吊られた柱の上の方を指さすと、黒い点のようなものが見えた。鷹子がバカみたいに口を開けて、それを見つめていると、それは小さな目に見えてきた。睫毛まで描かれた、その瞳がきらりと光っている。それを見た鷹子は、なぜか心が騒いだ。

「なんなの、あれ」

柱から視線を外さず加藤由香里に聞いた。

「わかりませんが、あそこからパワーが出ています」

加藤由香里もまた、柱から目を外さず、そう答えた。

加藤由香里がナスミを見舞った日、

「いいときにきたね。今日、ちょうど調子良くってさ、誰かと話したいなぁと思ってたとこなんだよね」

とナスミは、まるで昨日別れた友人のように迎えてくれた。

加藤由香里がナスミに会うのは十五年ぶりで、本当のことを言うと、もう二度と会えないような別れ方をしたのだった。それは、どう考えても加藤由香里の方に非があって、ナスミを裏切るような別れ方だった。

「外、出ようか」

ナスミのことばにウソはなかったようで、しっかりした足取りで院内を案内する。

それでも、自分が知っていたときより小さくなったナスミの体を後ろから見ていて、

加藤由香里はたまらない気持ちになる。

コンビニで飲み物を買い、中庭のベンチにすわると、ナスミは、

「つくったみたいな空だね」

と笑った。

加藤由香里は空があったことに初めて気づき見上げると、いかにも雲らしい形の雲

がひとつ、青い空にぽっかり浮いていた。陰影のない真っ白な羊みたいな雲だった。

「すみませんでした」

加藤由香里は、一番言いたかったことを言った。そして、

「わたし――」

と言ったきり、絶句してしまった。電車の中で、言うことをいろいろ考えてきたはず

なのに、懐かしいナスミは、十五年前と同じ「まかせな」という顔をしていて、それ

を見ただけでぽろぽろ泣けてくる。

「こっちこそ、ゴメン。私、短気だからさ、後先考えずにあんなことしちゃってさ」
とナスミは遠くを見ながらそう言った。

　あんなこととは、ナスミが上司を二発なぐりつけたことだった。加藤由香里はその妻子持ちの上司と付き合っていたのだが、あまりにもひどい仕打ちを受け、ナスミに相談したのだった。

「それは犯罪だよ」

　最後まで聞いて、ナスミはそう言った。

　加藤由香里は「犯罪」というコトバにすくんでしまった。そんな大げさな話じゃないんです、と上司をかばうようなことを言うと、ナスミは無表情な顔で聞いていたが、
「でも、やっぱり犯罪だよ。ケーサツに相談すべき話だよ」
と言った。

　加藤由香里は黙ってしまい、その話はそれきりになってしまった。その後、上司が別の会社へ出向することになったので、そのまま由香里と上司が疎遠になって、そのうち彼女の傷が癒えてゆけばいいなと、ナスミの方は思っていた。

　その上司の送別会のときだった。その男は定期入れから娘の写真を取り出し、飲んでいる席でみんなにまわし始めた。優秀な私立中学に合格したのが自慢だったのだ。

加藤由香里の席にもその写真はまわってきた。彼女が笑顔を浮かべ、隣にすわっていた同僚とそれを見ているのを見て、向かいにすわっていたナスミは居たたまれない気持ちになった。

加藤由香里は、上司の友人がやっているという産婦人科に連れてゆかれ、診察するだけと聞かされていたのに、知らぬ間に子供をおろされてしまったのだった。上司は何もかも自分の思い通りにしたがるヤツで、それをしてきたヤツだった。

店を出たとき、ナスミは、コイツをこのままにしておくわけにゆかないと思った。気がついたら上司をなぐっていた。二発目で、ようやく自分の拳に痛みを感じ、その後、その上司に地面にたたきつけられて、思い切り顔面を打った。ナスミは上司に向かって何かわめいていたが、口のあたりでぬるぬるするのが血で、前歯が途中から折れてしまったことに気づくと、それ以上攻撃し続ける力がなえていった。友人に助けられようやく体を起こすと、誰もいなくなっていた。なぐられる前にちらりと目の端に見えた加藤由香里もいなかった。

一週間ほどして、廊下で偶然会った加藤からただただ頭を深く下げられたが、それが何の謝罪なのかナスミにはよくわからず、「いいよいいよ」と言うしかなかった。その後、加藤はナスミと二人きりになるのを避けているようで、会っても上司の話をすることは一度もなかった。

病院の中庭の雲がゆっくりと移動してゆくのを二人で見ていると、そんなことが本当にあったことだったのかと思えてくる。ナスミは自分の腕を見る。すでに血管と骨と皮だけで、これで男をなぐったんだと思うと、笑ってしまう。

「小国さんがやめてすぐ、わたしも会社やめて、今、小さな出版社で働いているんです」

と加藤由香里は名刺を出した。

ナスミは、へぇとその名刺を受け取る。

「前から編集の仕事やりたいって言ってたもんね。よかったじゃない」

ナスミが無邪気にそう言うのを聞いて、加藤由香里はうつむく。

「そうじゃなくて、わたし、最低なんです」

見ると、加藤由香里は今にも泣きそうな顔だった。

「その出版社、小国さんがなぐった、あのいやなヤツの紹介なんです。つまり、わたし、自分の子供を取られたかわりに、仕事をもらったんです」

ナスミは、もう一度名刺を見て、加藤由香里のペパーミント色のスカートの上に乗っているぎゅっと固く握りしめられている拳を見た。

「そっか、それを言いにきてくれたんだ」

とナスミが言うと、加藤由香里は、うんと子供のようにうなずいた。被害者なのに、加害者でもあって、そのことで何年も何年も苦しんできたのだということがナスミに伝わってくる。

「そうなんです。わたし、根性くさったヤツなんです」

苦しそうにそう言うと、ようやく何か吐き出したような顔になった。

「じゃあ、この会社で、いい仕事をしなよ」

加藤由香里が顔を上げると、ナスミは笑っていた。

「この仕事、続けていいんですか？　だって、わたし、子供をお金にかえたんですよ」

加藤の顔が苦しくゆがむ。

「だから、お金にかえられないような、そんな仕事をするんだよ。みんなが喜ぶような、読んだ人が明日もがんばろうって思うようなさ、そういう本をつくりなよ」

加藤由香里が何と答えていいのかとまどっていると、ナスミは穏やかな声で続ける。

「失った子供と、同じだけの価値があると思える仕事をするんだよ。それだけだよ、私たちがこの世でできることはさ」

加藤由香里は顔を上げたまま、口をへの字にした。泣くのをこらえているような顔だった。

「それで、わたしはゆるされるんですか？」

「バカだなぁ、ゆるされるためにやるんじゃないよ。お金にかえられないものを失ったんなら、お金にかえられないもので返すしかないじゃん。だから、やるんだよ」

加藤由香里は、何を根拠にそんなにきっぱり言うんだろう、というような表情でナスミを見た。

「そんなこと、できるでしょうか」

「私が見ててやるから、やんな」

ナスミは青い空を見ながらそう言った。

「ずっと見ててあげるから」

台所で、柱に描かれた目を見上げながら、加藤由香里は、神妙な顔で鷹子に言った。

「ナスミさんからのメッセージを感じます」

ナスミと聞いて、鷹子も神妙な顔になる。

「お金にかえられないものを失ったんなら、お金にかえられないもので返すしかない」

「ナスミがそう言ってるの?」

「はい」

「そんなことを」

鷹子は、柱の目を見上げた。何かにすがるような顔だった。

「見ててやるから、やんな。ずっと見ててあげるから」

と加藤由香里が言うと、

「ほんとうに?」

と鷹子が子供のような声を出した。見ると、今にも泣きだしそうな顔だった。

「ほんとうに、ナスミがそう言ってるの?」

「はい、そう言ってます」

加藤由香里は、自分もまた泣きたいのをこらえてきっぱりとそう言いきった。

ナスミの実家から出て振り返ると、富士山が迫るようにあった。その上に青い空がひろがっている。その空に向かって、ナスミに声をかける。

「あれでよかったんですよね?」

病院の中庭でしゃべった後、ナスミは、

「不思議だよね。今、カトーに話したようなことは家族にはできないんだよね。なんか照れくさくてさ」

とベンチの上で手足をうぅんとのばしながらそう言った。なら、自分が伝えましょうか、と加藤由香里が言うと、ナスミはその気になって、笑子に頼んだダイヤモンドの目のことを教えてくれたのだった。

「わたしが死んで、すぐはダメだよ。お姉ちゃんが気弱になるのは、たぶん一週間ぐらいしてからだだから、そのへんねらってくれるとありがたい」

「わたし、やります。お金にかえられないこと、やらせて下さい」

そう答えたのだった。

駅に向かって歩きながら、加藤由香里は自分でも気づかぬうちに歌っていた。

お茶をのみにきてください

はい、こんにちは

いろいろお世話になりました

はい、さようなら

あの日、別れ際にナスミが教えてくれた歌だ。お姉ちゃんがいれるお茶はうまいよぉとナスミは自慢していたが、その通りだった。自分が選んだ果物屋のゼリーは、うまかっただろうか。だったらいいのにと加藤由香里は心の底からそう願う。

あげたり、もらったり、そういうのを繰り返しながら、生きてゆくんだ、わたしは。そうか、お金にかえられないことって、そういうことか。ナスミがうんざりするほど歩いただろう道を、加藤由香里もまた歩きながら、そう思った。

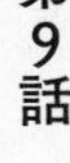

利恵が魚源の店先で魚をにらんでいたら、お兄さんに「今日はイワシが安いよ」と言われた。

「イワシかぁ」

と利恵が不満そうにため息をつくと、

「今日のは刺し身でもいけるよ。手で開いてさ、氷水でちゃちゃっと洗って生姜醬油で食うとうまいよぉ。イワシにしなよ」

とお兄さんは、よほどイワシを売りたいのか、もうビニール袋の口を開いている。

「今日はね、もうちょっと気のはったものにしたいのよね」

利恵はさんざん考えたあげく、カツオを四分の一に切ってもらって、背の方をもらった。刺し身にするか、タタキにするかは帰り道考えることにする。パックに入れたカツオの切り身にラップをかけながら、お兄さんが話しかける。

「今日は何？　もしかして結婚記念日？」

「うちのが、そんなの覚えてるわけないじゃない」

ダンナの清二は、誕生日も祝うことはしないというたちなので、記念日的なことは一切ない家だった。

「今日はね、送別会」

利恵が言うと、お兄さんはすかさず、

「ダンナさんと？」

とちゃちゃをいれる。

「だといいんだけど」

「よく言うよ。おしどり夫婦が」

そうだ。なぜか「バーバー・ナカムラ」の夫婦は仲がいいと思われているのだった。たしかに、ケンカしたことはない。しかし利恵は十八年前に、一度だけ家を出たことがある。結婚した次の年だった。そのことは清二も知らない。

利恵が夕食の用意を終えたころ、風呂をすました清二が入ってきた。ゆでた空豆があるのを見て、「おッ」と顔がほころぶ。好物だけど高いからと利恵はなかなか買わないからだ。利恵が、ネギと生姜と茗荷（みょうが）を刻んだのをたっぷりかけたカツオのタタキを運んでくるのを見て清二は、

「今日は、なに？」

と空豆をくわえたまま聞く。

「なにって？」

「だっていつも茗荷買わないだろう。高いっていってさ。それに空豆も」

「きょうは、まぁ、お別れ会みたいなもんだから」

「お別れ会って、オレと？」

と清二はちょっとおびえた顔になって聞く。魚屋のお兄さんと同じことを言うのが、利恵にはおかしい。

清二はすっかり忘れているようだが、今日はナスミの四十九日だ。利恵は祖母から、亡くなった人は四十九日経つとここから遠いところに行くんだよと何度も聞かされていたので、この日は特別に思っていた。

ふいに夜空に、チカチカと点滅していた飛行機の光を思い出す。あれを見たのは家

出した日だった。

清二が理髪店の集まりがあると言って出かけた日、利恵は計画通りあらかじめまとめておいた荷物を持って家を出た。めったに羽目をはずさない清二も、世話になった先輩に大いに飲まされ、帰りは午前様になるとわかっていたので、決行するには、この日以外考えられなかった。

家を出ようと思ったのは、清二に対する不満からではない。しいていえば、高校の美術部で一緒だった友人から展覧会の案内状が送られてきたことだった。利恵は、美術は好きだがそれを仕事にしたいと思っていたわけではないので、美術大学に進んだわけでもない同級生がまだ絵を続けていたことに驚いた。展覧会のことは新聞にも載っていて、気鋭の新人と書いてあった。高校のときと変わらない表情で快活に笑っている彼女の写真に強い衝撃を受けた。何をやってもそつなくこなす利恵と違って、のろのろと動きの鈍い女の子だった。あんな子に負けてしまったのかと、利恵の心はざわついた。

それまでは、清二はなんでも相談できる相棒のような存在だった。隠し事などしたこともなかった。なのに、この気持ちだけは清二に知られたくないと思った。

そんなことを心の奥に隠しながら日々過ごしていると、毎日同じように大量のタオルをたたんだり、床に落ちた人の髪の毛を一日何度も掃いたりするのを、もし彼女が見たら、と考えると急に恐ろしくなる。自分のこの状態はもしかして、みじめなのではないか。そして、そうなってしまったのは、すべてこの店のせいであり、それはつまり清二のせいなのだ、と思うようになっていった。

家を出よう。利恵はそう思いつくと、それしか方法がないような気になってきた。利恵は理髪店の仕事がいやというわけではない。性(しょう)にあっている方だと思う。しかし、この先、何十年もこれを続けねばならないわけで、人並みに土日に出かけることさえかなわない。六十歳の自分が容易に想像できる。人の顔を剃る手つきも、熱い蒸しタオルをひろげるときに指がぴんッと張って狐になる癖も、きっと今と同じで、客の方もいつもと同じ挨拶で入ってきて、同じような話をして、同じような髪形になって帰ってゆくに違いない。幸いまだ子供はいない。

利恵は家を出た。東京に住む従姉妹のところに、しばらく置いてもらうつもりだった。なるべくはやく仕事をみつけて、アパートを借りよう。最初は慣れた理容関係になると思うが、そのうちまったく違う職につくつもりだった。

夜のプラットホームは静かで、スーツケースをゴロゴロ押す音がやたら大きく聞こえる。利恵が顔を上げると、同じようなスーツケースを持った女性がベンチに座っていて、スーツケースの陰でタバコに火をつけていた。スーパーマーケットをやっている家の次女、小国ナスミだった。むこうも利恵にすぐに気づき、上目づかいで軽く頭を下げたので、こちらも会釈する。二人は互いのスーツケースを凝視したままで、利恵は通りすぎるのも何だなと思い、隣に座った。この街を出ようと思っているくせに、ここで無愛想にしてしまってはと、後々のことを考えている自分をばかばかしく思う。そんな自分がイヤで、今まさに街を出ようとしているのに。それはナスミの方も同じらしく、愛想よく笑って、つけたばかりのタバコの火を消した。

しばらく二人は黙っていたが、ナスミの方がゲラゲラ笑いだした。

「ごめんなさい。私、今から家を出ようと思っているのに、タバコの火、消したりして、まだこの街の人にいいように思われたいんだなって思ったら、おかしくておかしくて」

それでナスミもスーツケースなのかと利恵は納得する。

「中村さんはどこゆくの」

笑いのおさまったナスミに改まって聞かれ、

「私も家出です」

と利恵が真面目な顔で答えると、ナスミはさっきより大きな声でゲタゲタ笑い転げた。

「家出が二人、並んでるの？」

と笑いはおさまりそうにない。利恵もつられて笑ってしまう。たしかに、家出しよう
とする二人が並んでいるのは、他人が見たら間がぬけて見えるだろう。

「わたし、家出するの二回目なの。でも一回目は途中で挫折してしまって」

とナスミは話しだしたが、あっという顔になって利恵を見て黙ってしまった。

「知ってます。うちのダンナとでしょう？」

と利恵が言うと、ナスミは観念したようになり、

「そっか、知ってたんだ」

「わざわざ教えてくれる人がいるんですよ」

「いるね、そういうバカ」

「うちのが、日にち間違えたって。どうもすみませんでした」

いやみではなく、本当に申し訳なさそうに利恵は頭を下げた。

「そうじゃなくて、本当は、私が行かなかったの」

「え、そうなんですか？」

利恵は初めて聞く話だった。

「直前までは、本当に行くつもりだったんだよ。でもね、荷物持って下降りるとさ、ばぁちゃんが小豆を洗っててさ」

笑子ばあさんがつくるオハギは人気で、店に出すとすぐ売れてしまう。

「ばぁちゃんの、その小豆のさわり方がさ、なんていうんだろう、優しいっていうのとはちょっと違うなぁ、愛しい？　愛情あふれてる？　ああ、なんか全部違うなぁ。言えば言うほど違ってくる」

ナスミはうまいコトバが出てこなくて、じれったそうに頭をたたく。

利恵には、ナスミの言いたい感じがわかる気がした。嫁にきたとき、まだ義父は生きていた。とても丁寧な仕事をする人だった。特に自分の道具を手入れしている義父を見るのが利恵は好きだった。同じことを長年やってきているはずなのに、とても慎重に道具をあつかうのだ。そのようすが好ましく、清二が赤ん坊のときも、こんなふうにこの手で抱かれたに違いなく、そう考えると、この家には大事にしなくてはならないものがたくさんあるのだと利恵は思ったのだった。

「慣れているはずなのに、初めてみたいな感じであつかうんですよね」

利恵が思わずそうつぶやくと、

「そう、それッ！　初めてさわるみたいに、一粒一粒ていねいなのよ。それ、見てたらさ、その小豆が自分みたいに思えてきてさ、なんだ私、けっこう大事にされてたじゃんって、思ったんだよね」

「それで、家出やめたんですか？」

「私さ、そんとき、違う場所に行けば何とかなると思ってたんだよね。もやもやしたものが、この街から出たら晴れるのかなぁって。でも、ばぁちゃんが洗う小豆見てて違うなって思った。私は戻りたかっただけなんだなって。母さんが亡くなる前の自分に戻って、あの小豆みたいに、ていねいにていねいに洗ってもらいたかったんだなって」

　利恵は、義父が手を洗う後ろ姿を思い出す。お客の髪をさわる前、仕事が終わった後、いつもゆっくりと念入りに手を洗っていた。そして、利恵のことも、そんなふうに丁寧にあつかってくれていたことを思い出す。何もわからなかった嫁に辛抱強く仕事のやり方をひとつひとつ教えてくれたのは義父だった。

「私も、戻りたいだけなんでしょうか」

と利恵は独り言のようにつぶやいた。

　義父が生きていたころ、もっともっとうまくやりたい、という気持ちの張りのようなものがあった。いつか清二と二人で店を切り盛りせねばならない、という思いがあったからだ。そこには、使命感だけではなく、明るい希望もまじっていたような気がする。

「お義父さんが生きていたころの自分にもどりたい」

利恵は、そう口に出してしまって、それが正直な気持ちなのだと気づいた。店はうまくまわっていて、最初はこんな日がずっと続けばいいと願っていたが、それが当たり前のように続いてゆくと、同じことの繰り返しが苦痛に思えてきた。友人の展覧会がきっかけというのは単なる口実で、本当は今の生活に飽きてしまっただけなのかもしれない、と利恵は思った。

「もどれるよ」

ナスミはこともなげに、そう言った。

「もどりたいと思った瞬間、人はもどれるんだよ」

本当にそうだろうか、と利恵が夜空を見上げると、ちょうど飛行機が頭上を通りすぎてゆくところだった。機体は暗くて見えないが、翼についた光がチカチカと点滅していて、それが移動してゆく。利恵につられてナスミも、夜空を見上げた。

「ほら、ヒコーキも、そうだそうだって言ってるじゃん」

言われれば、チカチカしているのが、そうだそうだと言ってるようにも見えてくる。

光はどんどん遠ざかって行き、やがて小さな点になってほとんど見えなくなってしまった。利恵は、それでもまだ夜空を見つめていた。まるで、それが亡くなったお義父さんであるかのように。すると、はるか彼方(かなた)の飛行機が消えたあたりに、とても小さくチカッと光が瞬くのが見えた。それを見た利恵の胸が詰まった。そうか、見えなくなっても、まだこの空のどこかで光っているのだ。私には見えなくなっただけで、お義父さんは、あの店で生き続けているのだ。どこに？　そこまで考えて、利恵の体はくの字に曲がった。気がつけば泣いていた。お義父さんは、他でもない、自分の中に生きていると気づいたからだ。ヒゲを剃る段取りも、蒸しタオルを持つときのぴんッと張った狐の指も、みんなお義父さんがやっていたことだった。

最終電車のアナウンスが聞こえても、利恵の涙は止まりそうもなかった。ナスミは利恵の顔をのぞきこみ、

「お願いがあるんだけど」

と言った。

「見送ってくれないかな？　さっきのヒコーキみたいに、私のこと、見えなくなるまで見送ってくれない？」

それは、「あんたは、もどりな」と利恵の背中を押す声だった。

電車に乗り込んだナスミに利恵が聞いた。

「もう、戻りたい気持ちはなくなったんですか？」

「今はね、私がもどれる場所でありたいの。誰かが、私にもどりたいって思ってくれるような、そんな人になりたいの」

そう言うと電車のドアが閉まって、ナスミを乗せた車両はホームからどんどん遠ざかっていった。利恵はスーツケースを持ったまま、ホームでそれを見送った。約束通り、車内の明るい窓の光が、小さくなって、やがて見えなくなるまで見送った。その後、スーツケースをまたゴロゴロ鳴らしながら改札を通り、来た道を戻って行った。帰ったら、まず真っ暗な部屋の明かりをつけよう、と利恵は思った。清二がいつ帰ってきても、ここだとわかるように。

「わかった」

とカツオのタタキを食べていた清二が、突然大声を上げた。

「ついにやめたんだ、韓流ドラマ」

「やめないわよ。まだまだ見なきゃなんないのが山ほどあるんだから」

「いや、だって、お別れ会っていうからさ。じゃあ、何のお別れなんだよ」

「今までの自分？」

「なんだそれ」

興味を失った清二の箸はカツオにもどる。

「もう、自分のことばかり考えるのやめようと思って」

ナスミの言ったコトバは、今でも利恵には染みている。

私がもどれる場所でありたいの。誰かが、私にもどりたいって思ってくれるような、そんな人になりたいの。

それはそのまま今の利恵の気持ちだった。

「実はさ、子供ができたみたいなんだよね」

言われた清二は思わず正座になって、利恵の顔をまじまじ見て、

「ほんとかッ」

と聞いた。

「うん、病院行ったら、そうだって」

「そうかぁ」

と、清二は上の空で豆を噛んだ。

「なによう、あんまりうれしそうじゃないわね」

「いや、だって、そうかあ子供かぁ」

清二の中で、何かが生まれ、何かが去ってゆく。空豆をつまんでは口に入れる、というのを何回か繰り返しているうちに、大きな喜びがふつふつとわいてきたらしく、

「風呂、なおさなきゃなぁ」

と、突然、建設的なことを言い始めた。清二は清二で、この短い時間の中でなにか覚悟のようなものができたようだった。その気持ちの流れのようなものが、利恵には手に取るようにわかる。

この人ともずいぶん長いつきあいだ、と利恵は思う。ずっと同じ場所にいたのに、二人でずっと旅をしてきたような気持ちだった。自分たちを乗せた乗り物は、今もどこかに向かって一直線に走っているような気がする。やがて自分たちは、あの日、ナスミと見たような小さな光になるのだろう。夜空でチカチカと点滅する自分たちを想像する。

そんな自分たちを、誰かが、おそらく、自分の体の中に宿ったばかりの子供が、その光を見えなくなるまで見送ってくれるだろう。もしそうであるなら、自分の人生は、

それだけで充分だと利恵は思った。

第10話

兄の啓介(けいすけ)が、いつまでも洗面所を使っている。水の音がするわけでもなく、ドライヤーを使っているようすもない。愛子(あいこ)がのぞくと、前髪を上げている手をとめた啓介が「なんだよぉ」と威嚇(いかく)する目でにらむ。愛子は、はいはいと首を引っ込めながら、コイツとうとう女ができたなと思う。いつもは櫛(くし)を入れたこともないくせに、今日は何度も何度も後ろへなでつけては、また元にもどしを繰り返している。そうか、ついに兄も童貞卒業か、と愛子は鼻先で笑う。

愛子の笑い声は口の中にこもるような、ひっひっひっという音で、そばにいる人はそれが笑い声だとは気づかず、喉に何か詰まっているのかと心配になるような、そんな音だった。

兄は子供のときから小太りで、愛子はその分、兄に栄養を吸い取られたようにやせっぽちだった。吸い取られたというのは何かのたとえではなく、本当にそうだと愛子は思っていた。兄は五歳になっても母の乳房を離さず、片一方の乳房は一歳違いの妹の明菜(あきな)に明け渡さねばならなかったので、愛子はほとんど母の乳を飲むことなく乳離れせねばならなかった。だからなのか、食べることに興味をしめさず、物心がついたときから飲み込みがうまくゆかず食べても吐き出してしまい、ますます食が細くなるということの繰り返しであった。

愛子が一番苦手なのがカレーで、それは母がカレーに薄切りの牛肉を山ほど入れるからである。山ほど入れるのは、肉しか食べない兄の啓介のためだった。しかし愛子は、薄切りの牛肉をうまく飲み込むことができず、お客さんが来て、ではすき焼きを、などということになると大変だった。知らない人の前で喉につめた肉片を口から半分たらしながら、げーげー吐き続けるのは死ぬほど恥ずかしくみじめだった。だったら最初から食べない方がいいと思うようになり、牛肉はまったく食べなくなった。

母は悪気があるわけではないのだが、大雑把な人で、愛子のことをまるで見ていなかった。愛子が肉が苦手だということは知っていたが、週に一度はカレーをつくった。

啓介が喜ぶし、献立をいちいち考えるのが面倒だったからだ。カレーの日、母は愛子の皿に白米だけをよそう。愛子はそれに卵をかけて食べた。

大人になってから、愛子は健康診断で肺に影があると言われたことがある。ずいぶん前の傷で、これは肺炎の痕だろうと医師は言ったが、愛子には肺炎になった記憶などなかった。子供のころ、飲み込みがうまくできなかったので、もしかしたら食べ物が肺に入って肺炎になったのかもしれない。それを母に言うと、そんなはずはないと、まるで裁判長から刑を言い渡された人のように激しく否定し、頑として認めようとしなかった。

建設業の会社を一代で築いた父は、二人の娘には興味がなかった。というより自分が男ばかりの兄弟で育ったので、女の子の扱いがよくわからなかったのだろう。なので、父は兄の啓介には大変力を入れて育てた。

愛子は、そんな父と息子をずっと見つづけてきたわけで、だから心の中で、「けっ、心血そそいでアレかよ」とバカにしていた。

父はどういうわけか、女は大学に行く必要はないと思い込んでいた。女子は行っても短期大学、としか頭になかった。高校生になった愛子は、どんなに勉強しても結局は親が決めた短大に入れられ、卒業したら取引先の会社か信用金庫に入れられ、三年ほどしたら父が目をつけた見込みのありそうな青年と結婚するのだろうと思っていた。その青年はお金の勘定がしっかりできて、客から好かれそうな男なのだろう。でも、きっと若い女性からは相手にされそうもない顔に違いなかった。それらのことに反発して、自分を通さねばならぬほどやりたいことなど、愛子にはなかった。ずいぶんぬるい感じの女子高生だったろうと自分でも思う。

高校二年になって最初の体育の授業は、体育館の二階の観覧席から下へ飛び下りるというものだった。これはこの高校の恒例で、愛子も話には聞いていたが、いざ二階の手すりから下を覗くとけっこうな高さで、マットがいくつも重ねてあるから大丈夫とわかっていても、なかなか飛び下りられるものではない。一日の最後の授業だったので、飛び下りた者から帰ってよしという説明を聞くと、用のある者はさっさとすませて、更衣室へ戻ってゆく。愛子はなかなか飛び下りることができなかった。「ムリだよぉ、できないよぉ」と体育館シューズをはいた足をくねらせるように内股にして甘えた声を出していた子も、なんだかんだ言いながら、すんなり飛び下りていった。愛子は最後の一人になってしまった。それでも飛べずにいた。

何のためにこんなことをせねばならぬのか、わからなかった。こんな不条理なことを押しつけられているのに、文句も言わずに次々と飛び下りていったクラスメイトにも腹が立ってくる。

下から体育教師が見上げて、そんな愛子の気持ちを見透かすように、「こんなことに意味があるのかと思ってるんだろう。でもな、世の中にはこういうこともあるんだ。そのとき、誰も助けてくれないって泣くのか。お前、それでいいのか」と体育館中に響く声でそう言った。

それでもぐずぐずしていると、教師はもう何も言わず、黙ったまま愛子が飛ぶのを待った。

上から見ると、誰もいない体育館の床は思ったより広くつややかで、湖のように静かだった。あいかわらず教師は愛子を見上げている。私のためだけの空間であり、私のためだけの時間だと、愛子は思った。そんなものがこの世にあるとは、信じられなかった。追い詰められている状況なのに、とても贅沢だと愛子は思った。

結局、あの日飛び下りたのか、愛子には記憶がない。ただ教師の「世の中にはこういうこともある」という声だけがいつまでも残った。だから、啓介の恋人らしき人物を初めて見たとき、これが教師の言った「こういうこと」なのかと、愛子は思った。

啓介の相手は年増だった。そういう愛子も、父親の思惑どおり中古の建設機械を販売する会社の事務員におさまって、すでに二十四歳である。しかし、結婚はまだだった。今頃になってようやく、結婚は両親にとってのゴールに過ぎないと気づいたのだ。なのに、自分のゴールだと思い込まされていた。

その年増の女は三十代に見えたが、四十代かもしれなかった。ぽったりと重たそうな裾の広がったスカートに、ふわふわしたニットを着ていた。愛子が、前髪をなでつけている兄より先に家を出ると、玄関の少し先にある電柱の陰で、その女がタバコを吸っていた。家から出てきた愛子をちらっと見たような気がしたので頭を下げると、向こうも火のついたタバコを指にはさんだまま「ども」という感じで頭を下げた。

「兄ですか？」

と愛子が思い切って声をかけると、女は、うん、とちょっと困ったような顔をした後、何か言いたそうな愛子に向かって「いいの、いいの」とタバコを持っていない方の手をひらひらさせた。それは「あっち行け」というようにも見えたので、愛子は曖昧な笑顔をつくったまま歩きはじめる。歩きながら、「路上でタバコかよ」と愛子は思う。「頭悪そう」とさらに心の中で毒づく。しかし、と駅に向かいながら愛子は考えた。あの人がお兄ちゃんと結婚したら、自分の姉になるのだ。自分で考えておきながら、思わず息をのんで絶句する。振り返ると、その得体のしれない女は、空を見上げて、何がおかしいのか、けらけら笑っていた。愛子は思わず自分の着ているものがおかしいのかと点検すると、それに気づいた女は「ちがう、ちがう」と手をふり、上を指さした。青い空に白い雲が浮かんでいるだけだった。それの何がおもしろいのか、女はなおも指さしながら笑っている。愛子は怖くなって歩き出す。歩きながら、兄がアレと結婚するのは、とんでもないことのように思えた。

ふいに、体育教師の「世の中にはこういうこともあるんだ」というコトバを思い出す。自分は何も悪いことをしていないのに、なんであんな目つきの悪い、頭の悪そうな、趣味の悪いやつが姉と名乗って、突然うちに入ってくることになるのだろう。絶対におかしい。絶対におかしい。絶対におかしい。両親に言おうかと思ったが、家族が、兄ならともかく自分の言うことなど頭から信じるはずもないと、思いなおす。

「そのとき、誰も助けてくれないって泣くのか。お前、それでいいのか」

教師のコトバが、頭の中で何度も繰り返される。自分でなんとかせねばならないのだろうか。それは、おそらく愛子にとって生まれて初めてのことだった。

「ナスミがさぁ」

と啓介に言われて、それは誰？　と愛子は思ったが、すぐにあの女のことかとわかった。ナスミって、そんなウソみたいな名前あるのかと愛子は思うが、啓介は当然のよ

うに「ナスミがさぁ」ともう一度言って、困惑した顔で、

「今度、一緒に連れてこいって言うんだよ」

と愛子の顔を見た。

「お前、行かないよなっ」

兄はいつもの威嚇する目で言う。

来られては困るのだ。そうわかると、条件反射のように愛子は、

「行くよ」

と答えていた。行ってあの女のことをちゃんと確かめておいた方がいい、と思ったのだ。

啓介はびっくりしたような顔をした後、

「お前なぁ」

と何か言いかけたが、愛子がいつになく強気で挑戦的な目で自分を見ているのに気づくと、後はごにょごにょと口ごもってしまった。

デートの日、啓介はいきなり愛子の部屋に入ってきて、

「お前、これ着てゆくの？」

とつり下げているワンピースの裾までめくって確認する。

「なんだっていいでしょう」

愛子が啓介を押し出すと、啓介は振り返って、

「今日のことだけど、見たこと全部、親に絶対、言うんじゃねーぞ。わかったな」

と威嚇するような顔で言ったくせに、最後は弱気な表情になって部屋から出ていってしまった。

愛子が用意して部屋を出ると、啓介はすでに家を出た後だった。さすがに一緒に出ては、親に何か聞かれると思ったのだろう。

外に出ると、前にナスミがタバコを吸っていた電柱の陰で啓介がせわしなくタバコを吸っていた。そのようすは、あの女と同じぐらい頭が悪そうに見えて、愛子は笑いそうになる。啓介は愛子を見つけるとタバコを消して、来いという合図をして歩き始めたので、愛子はあわててついてゆく。

自分なら絶対に入らないな、と愛子が思う喫茶店に、啓介はずんずん入っていった。愛子もそれについてゆくと、奥のボックス席にナスミが座っていて、ニセモノの蔦を這わした窓の外をぼんやりと見ていた。啓介と愛子を見つけると、運動部の後輩のように素早く立ち上がり直立不動になって、今日はどうもすみませんと丁寧に頭を下げた。愛子は、何なんだこれは、と思ったが、黙って向かいの席に兄と並んで座る。座

ってから、この並びはおかしくないかと思うが、啓介もナスミも違和感はないらしい。まだ立っているナスミに、啓介の方は緊張したおももちで、座ってとバスケットボールをドリブルするみたいに手を上下に動かし、ナスミはようやく椅子に座った。

愛子は、なんだかバイトの面接みたいだなと思う。

「今日はごめんね」

とナスミが愛子に謝った。

「誰か立ち会ってもらった方がいいと思ってさ」

立ち会うという言い方に、愛子が戸惑っていると、啓介は愛子が何か言いださないうちにと思ったのか、あわててリュックから封筒を出してきて、ナスミの前に置いた。

「約束のやつ」

「ありがとう」

とナスミは受け取る。どう見ても札束が入っていそうな封筒だった。ナスミは、すぐに中から札束をひっぱり出して数え始めた。

啓介がそれを見てあわてる。

「家でやれよ」

ナスミは、おかまいなしに、慣れた手つきで札を扇のようにひろげ数える。

「間違えたらいけないから」

愛子は、驚いて、札束を凝視していた。一万円札は二百枚に届こうとしていた。そんな大金を、父の会社に勤めて五年ほどしか経っていない啓介が、どうやって貯めたのか想像もつかなかった。前にこっそり兄の貯金通帳を見たときは、二十八万円だった。それでも、コイツなんでこんなに持ってるんだと驚いたぐらいだ。

ナスミが「たしかに」と言って、借用書らしきものを啓介の前に置くと、啓介はまるでそれが汚れたもので誰かの目に触れるのを恐れるかのようにジャンパーのポケットにねじ込んだ。

啓介は立ち上がって、

「めし、食いに行こうや」

と言った。啓介と愛子が頼んだ飲み物は、まだきていなかった。

「ごめん、今日中に、これ、あれしないといけないから」

とナスミは本当にすまなそうに頭を下げ、封筒をバッグに入れた。

愛子は何で自分が呼ばれたのか皆目わからず、ようやくきたクリームソーダを大あわてで飲んだ。立ち上がった啓介も、アイスコーヒーがきたので、おとなしく座って飲み始めた。兄妹が二人そろって、ずずずと一心にストローですすっている姿は、とても間抜けだろうなぁと愛子は思った。そう思って上目づかいでナスミを見ると、ナスミは仏様のように慈愛に満ちた顔でにこにこ見ていたので、あわててクリームソーダに目を戻した。

アイスクリームが緑色のソーダ水にとけて雲のような泡状のものがあふれ出てくる。それをあわててスプーンですくって口に運ぶが、たよりない味だった。それはアイスでもソーダ水でもない、よくわからないもので、まるでここにいる自分のようだと愛子は思った。

ナスミが「かわいいね」と言った。思わず口に出たという感じだった。啓介と愛子が同時に顔を上げると、

「いや、なんていうか、人柄がさ、かわいいよね、二人とも」

とナスミは照れたように早口でそう言って、ブラックコーヒーを飲んだ。

ナスミと別れた後、啓介はいつもと変わらないふうを装っていたが、そうでないことは歩くスピードでわかった。尋常ではない速さだった。

「あの女にやられたね」

と愛子がぼそっと言うと、啓介はポケットから手を出して振り返った。

「お金を貸して、その帰りに何とかしようと思ったんだろうけどさ」

愛子のコトバに、啓介は、みるみる目を大きく見開いて、最後まで聞かず、愛子の襟元をつかんだ。

「あの人のことを、あの女って言うな」

啓介は、そう言って愛子を突き飛ばした。その反動で、愛子はアスファルトに尻餅をついた。

さすがにやりすぎたと思った啓介が、地面に尻をつけたままの愛子をひっぱり上げながら、

「これからは、お前がひとりで会えよな」

と言った。

「これからって何よ」

愛子が聞くと、

「なんだよ、話、聞いてなかったのかよ」

と啓介は、また威嚇する顔になる。

ナスミは月々五万円ずつ返済しに来ると言っていた。振込ではなく、直接現金を持ってくるらしい。ナスミは、その受け渡しを愛子にお願いしたいと言い、お前がうなずいたからそうなったんじゃないか、と啓介は言ったが、愛子はまるで聞いていなか

った。愛子は、ただ、ナスミの指を見ていた。無造作に短く切った爪の先が、ところどころ緑になっていた。よく見ると爪の中に葉っぱのようなものが入っているようだった。出がけにキャベツでもむいてきたのかもしれない。愛子は、早朝のしんとした冷たい空気の中、ナスミが素手でキャベツをむいている姿を想像した。その瞬間、ナスミのことが、とても清潔な人に思えた。

「なんで私なのよ」

愛子が言うと、

「知らねぇよ」

と、おもしろくなさそうにそう言って、啓介は歩き出した。

月末になると、ナスミは約束どおり、愛子に連絡してきて、最初に会ったのと同じ喫茶店で会う約束をした。愛子が行くと、ナスミは前と同じように奥のボックス席でニセモノの蔦のからまる窓から外をながめていた。愛子を見つけると、華やかな笑顔になり、「こっち、こっち」と手を振った。

青い封筒に一万円札が五枚入ったのを渡してしまうと、もう用などないはずなのに、ナスミは、愛子にあれこれ話しかけてくる。愛子は何なんだこれはと思いつつ、今の勤め先のことや、家族の話をした。思えば、誰かにそんな話をしたことなどなかったかもしれない。

ナスミは、じゃあこれで、と立ち上がろうとしている愛子に、「あのさぁ」と声をかけた。

「あんた、かわいいんだからさ、バカみたいに笑いなよ」

ナスミは、そう言うとニッと笑って、伝票をポーカーのカードを引くみたいに自分の方へ引き寄せた。その表情は、どんな悪いカードがきたとしても平気よ、というふうに見えて、愛子は「なんだか、かっこいい」と思ってしまった。

喫茶店を出て歩いてゆくナスミを、愛子は追いかける。

「どうやったらできるんですか」

愛子には、バカみたいに笑えと言われても、どうやればいいのか見当もつかなかった。

「何が?」

「バカみたいに笑えって言われても」

愛子はよほど必死な表情だったのだろう、その顔を見たナスミは、思わずげらげら笑い出す。

「楽しいと思ったら笑えるんじゃないの」

ナスミは、そう言ってまた笑った。

愛子は、ナスミが見えなくなるまで、何度もナスミのコトバを頭の中で繰り返した。楽しいと思ったら笑えるんだよ。当たり前すぎて、通りすぎてしまうようなことなのに、愛子は網にかかった動物のように、とらわれて動けない。ナスミの爪を思い出す。今日は白っぽいマニキュアが塗られていた。雲母のようにキラキラ光っていた。

「キャベツの次は雲母」

何かの呪文のようだなと愛子は思う。そうだ、呪文かもしれない。一度決められたことは変えることなどできないと思っていたけれど、もしかしたら、そんなことはないのかもしれない。

だったら、ニセモノの毛皮みたいなやつでできた、あのふわふわしたピンク色のバッグを買ってもいいのかしら、と愛子は思う。本当は欲しいと思っていたが、母が文句を言うに違いなく、言われなくても自分に似合わないのはわかっている。だからディスプレイされた棚をいつも見ないようにして通りすぎていたのだった。

ナスミからあずかった青い封筒をひっぱり出して中のお金を出してみる。キャベツをむいた手でかせいだお金なのだろう。それで、あの雲母みたいなマニキュアを買ったのかもしれない。そう思うと、そのお札はとても自由な身の上のような気がして、あちこち旅をしてきた人のように思えた。

愛子はコンビニに寄って五万円おろすと、ナスミからあずかった五万を引き抜き、それは自分の財布にしまって、おろしたお金を兄に渡すナスミの封筒に入れた。ナスミがかせいだお金だと思うと、決まりきったものを買ってはいけない気がした。あのふわふわには、このお札こそふさわしい、と愛子は思った。

店に直行すると、目当てのバッグは本物のうさぎみたいな形で、おとなしく棚の上にうずくまっていた。

「鏡で合わせてみますか」

という店員のコトバに首をふり、包んで下さいとバッグを押しつけた。レジでナスミのお札とうさぎのバッグを交換する。帰り、愛子は夜道に誰もいないのを確かめると、バッグの入った紙袋を下校する小学生みたいにぶんぶん振り回しながら帰った。

ナスミからあずかった封筒を渡すと、啓介は興味なさそうに「ん」と受け取って、すぐにリビングのガラスのテーブルに置き、中をあらためようともしなかった。

愛子が、コイツ無理してやがる、と思ってみていると、しばらくして、啓介はテレビのリモコンを放り投げ、おもしろくなさそうに立ち上がり、そのついでのように封筒を引っつかんで二階へ上がっていった。愛子が、ついていってそっと下からのぞいていると、啓介はそれとは知らず、階段の途中で封筒の中を開け、お金の他に何か入っているのではないかと、しつこいほど振り続ける。ナスミからの手紙でも入っていると思ったのだろう。何も入っていないとわかると、あきらかに落胆したようすで、お札を犬のようにくんくんと嗅いだ。

愛子はそれを見て、「ひっ」と声を挙げてしまい、啓介は愛子が見ているのをみつけると、あわてて上へかけ上っていった。

愛子は、あっそうかと思った。笑うのを途中で止めるから「ひっ」という喉に何か詰まったような笑い声になるのだ。そうか、とめずに笑えばいいのか。自分の中に、家族から眉をひそめられそうなものがあって、それらを、吐き出さずに生きてきたのだと気づく。

愛子は、さきほどの啓介のぎょっとした顔を思い出してもう一度笑った。ぶわははと自分でもびっくりするぐらい高い声が出た。それを聞いた啓介が戻ってきて、顔をのぞかせる。大笑いする愛子を怖そうに見ている啓介は、まだナスミの封筒を握りしめていた。それを見て、愛子はまたぶわははと笑った。笑いながら、コイツ、本気でナスミさんのこと好きなんだなと思った。

月に一度、会ううちにわかったことは、ナスミは啓介の彼女ではないということだった。ナスミは啓介の先輩と付き合いがあって、その後輩が啓介に「お前、父ちゃん会社やってんだろ。なんとかしてやれよ」ということになったらしい。

ナスミは、後で知ったんだけど、あんたのお兄さん、バイク売ってくれたみたいなんだよね、と言った。そういえば、愛子は啓介のバイクを最近見ていないなと思う。ナスミが、悪いことしちゃった、何かうめあわせしなきゃね、とことあるごとに言うので、愛子は言うつもりなどなかったのに、つい「兄ちゃん、ナスミさんのこと本気で好きみたいなんだよね」と言ってしまった。ついでに、アイツは二十七歳だけど絶対に童貞だと思う、ということも忘れず付け加えた。

一緒に笑おうと思って言ったのに、それを聞いたナスミは、「うーん」と考えこんでしまった。そういうことならば何とかしてあげたいんだけど、後のことを考えるとねぇ、と天井を見た。

「つきあってる人いるんですか？」

と愛子が聞くと、

「えっ、私、結婚してるよ」

とナスミは愛子の方を見た。

「そうなんですか」

「啓介くんだって知ってるよ」

ナスミはコーヒーを一口飲んで言った。

なんだよそれ、アイツはそれ知っててお札匂ってたのかよ、と愛子は少しせつない気持ちになる。

「そうじゃなくて、私と関係持っちゃうと、後が大変だと思うのよね」

ナスミはそう言って、あっそうかというように愛子を見た。

「ごめん、私、愛ちゃんとも関係持っちゃったのか。そうか、そうなのか」

ナスミは、まいったなぁというように頭を抱えた。

「何なんですか？」

愛子がじっと見つめる目で聞くと、ナスミは観念したように、

「私さ、ガンなのよ。それもあんまりよくなくてさ。残される人たちになるべく負担をかけずに、さりげなく去ってゆきたいわけ。私としては」

ガンというコトバに愛子の息がとまる。そういえば、この頃、タバコを吸っているのを見ていなかった。ナスミの病は、そこまで悪くなっている、ということなのだろ

うか。愛子は苦しくなって、ようやく自分が息をとめていたことに気づく。

「あんたのお兄ちゃんと一夜を共にするのもありかと思うんだけど、死んじゃうってわかってる人とやるっていうの、ちょっと重くない？」

とナスミは大まじめな顔で言う。

自分の病気を人ごとのように話すナスミにつられて、話していることが現実のことのように思えない。なのに、愛子の心臓はどきどきしていた。

「治療方法はないんですか？　部分的に放射線あてるやつとか、あるじゃないですか。治療費、高いかもしれないけど、私、小学生から貯金してるから、いくらか出せると思うし」

愛子は、必死でそう言った。言いながら、啓介がこのことを知ったら、どうなるだろうと思うと泣けてきた。

ナスミは、泣いている愛子の頭に手を置いて、

「兄ちゃんのこと考えてたな」

と言った。

愛子がこっくりとうなずくと、

「愛ちゃんは、優しい子だね」

と言って、頭に置いた手をぐりぐり回した。

これまで頭をなでられたことなどなかったかもしれない。なのに、この手を私は失ってしまうのだ。そう思うとまた泣けてきた。

「兄ちゃんには言うことないさ」

とナスミは言った。

「もう会うこともないし、ちょっとずつ忘れてゆくよ、きっと」

ナスミは、自信たっぷりにそう言って、満足そうに残りのコーヒーを飲み干した。

ナスミのコトバ通りだった。啓介は父親の会社にバイトで来ていた女子大生に告白し、それがうまくいったらしく、まだまだ先だというのに、生まれて初めてのクリスマスデートの段取りで頭がいっぱいのようだった。愛子の女性雑誌のアクセサリー特集の記事のページをめくっては、「こーゆーの、ぜんぜんわかんねぇよなぁ、オレには」などとわざと愛子に聞こえるように、ひとりごとを言ったりして余裕を見せていた。

ナスミの方は、どんどん体の調子が悪くなっているようで、この頃は、

「車を待たしているから、あまり長くいられないの。ごめんね」

と謝ることが多くなっていた。

店を出ると車がとまっていて、運転席にいる男性をナスミは「ダンナ」と紹介した。なんの特徴もない人だなぁと愛子は思った。

封筒を渡すと早々帰ってゆく日が多くなっていった。それでも、ナスミはこの約束だけは守りたいらしく、車の乗り降りさえも難しくなってきたのか、助手席の窓から封筒を渡すようになり、しかしそれも長く続かず、ある日、愛子が約束の場所に行くと、ライトバンの中に、ダンナの日出男だけがいて、

「ごめんね。ナスミ、今日来れなくて」

と青い封筒を差し出した。

「入院ですか？」

と愛子が聞くと、

「うん、今、手術中」

と日出男がのんきそうに言ったので、愛子は驚いた。

「病院にいなくていいんですか」

「オレがいたってさ、どーにもならないからね」

と笑った。

そうかもしれないけれど、と愛子は思う。

「ナスミはね、店を開けて欲しいって言うんだよ」

日出男は、上を向いてそう言った。

「たとえ手術が失敗しても、絶対店は閉めるなって言われた」

「私は」

愛子はナスミのコトバを思い出す。

「バカみたいに笑えって言われました。私が死んでも、バカみたいに笑えって」

ナスミはあの後も愛子に会うたびに、そう言った。

「なんか、あらがえないっつーの？　ナスミのコトバはさ、無視するとあとが怖いっていうか」

日出男がそう言うと、

「わかります」

と愛子が即答したので、二人は思わず笑ってしまう。

愛子がナスミに何かあったときの連絡先を日出男に渡すと、もう話すことはなく、日出男は、じゃあオレ店あるから、と帰っていった。

ナスミの手術はうまくゆき、啓介の恋愛も順調に進み、街が赤と緑と金色のクリスマス色にうめられた頃、約束の喫茶店の前で愛子は日出男を待っていた。珍しく、いつまでたっても日出男はあらわれず、急用でもできたのだろうかとケータイを取り出したとき、ナスミがひとりやってくるのを見つけ、愛子は思わずかけ寄った。

「大丈夫なんですか」

ナスミは、最初に会ったときと変わらぬ姿で、

「大げさ過ぎるんだよ」

と照れたように言った。

ナスミは喫茶店に入ろうとする愛子をとめて、

「ねぇ、本物のクリスマスツリー見にゆかない」

と言った。

本物のモミの木でできたという意味ではなく、見上げるぐらい大きなツリーのことを、ナスミは、そう呼んでいるらしかった。

「ほら、最近できたじゃない、駅前のツリー。あれ、見にゆこうよ」

そういえば、愛子はわざわざツリーを見に行ったことなどなかった。そう言うと、そりゃそうだよとナスミは言う。

「ああゆうところはカップルが行くんだよ」

ナスミの体のことを考えてタクシーに乗りましょうと愛子は言い張ったが、ナスミはバスに乗りたいと甘えたように言うので、夕暮れ中、二人は停留所まで歩いた。

バスに乗り込むと、ナスミは子供のように窓に貼りつき、飛び去ってゆく風景を何ひとつ見逃すまいとしているようだった。

「お兄ちゃんも誘えばよかったね」

とナスミが、窓の外にいるクリスマスだというのにまだ仕事を続けている土木作業員たちを見ながらそう言った。

「お兄ちゃん、それどころじゃないと思う。今日、生まれて初めてのお泊まりデートなんですよね」

愛子がそう言うと、ナスミは驚いて振り返り「うそッ」と叫んだ。

啓介は、今から見にゆくツリーのあるホテルのスイートルームを予約していた。愛子が部屋の番号まで知っているのは、啓介が出しっぱなしにしていたケータイをのぞいたからだった。

「妹って、怖えぇ」

とナスミは首をすくめる。

「そっか、お兄ちゃん、今日、童貞卒業か」

愛子は、そのことに初めて気づいたように言い、座席に背中をもたれさせ、感慨深げに天井を見上げた。

「ツリーより、そっちの方が見たいね」

とナスミが言い、実は愛子も同じ気持ちだったので、バスを降りると居酒屋で時間をつぶすことにした。

ナスミは病み上がりだから、ビールをなめるだけ、と言っておきながら、コップの三分の二ぐらい一気に飲み干して、「うんまっ」と声を上げた。それは、私、生きてます、というように聞こえ、愛子はもしかしたら、私は今とてつもなく貴重な時間を過ごしているのではないかと思った。

「人がセックスするのを、こうやって待っているのって、どういうんだろうね」

ナスミは、だし巻き卵をきれいに四等分しながらげらげら笑う。

「ヘンタイだよね」

愛子も、そう思う。何か楽しかった。愛子は飲める方ではないのに、ビールを二杯も飲んでしまった。そのせいか、ナスミと同じようにげらげら笑いがこみ上げてくる。それをとめる人はおらず、体の中のものがすべて出てゆくようで、愛子は気持ちよかった。

どうせ田舎のツリーだからと、ナスミは見る前は悪口を散々言っていたくせに、ツリーにすき間なく埋め込まれた電飾のチカチカを目にすると、「おぉ」と素直に驚きの声を上げた。愛子も「きれい」と思わずつぶやく。

二人は、しばらくカップルのようにツリーを見上げていた。愛子が「来年も来ましょうね」と振り返ってそう言うと、「うん、そうだね」とナスミは機嫌良く答えた。愛子は自分で言っておきながら、それはかなわないことなのだろうと思い、涙がこぼれる。

ナスミが愛子の手を握った。びっくりして愛子が見ると、

「泣くのは、まだはやい」

とナスミが低い声で言った。そして、

「まだ生きてるし」

と歌うように言い、嬉しそうにツリーを見上げた。

誰かに手を握ってもらいながら大きなツリーを見上げていると、愛子は自分が小さな子供のように思えた。

「なんで私、ナスミさんじゃないんだろう」

愛子がずっと思っていたことが、口から飛び出る。ナスミさんみたいじゃなくて、

ナスミさんになりたい。そっくり、このままナスミさんになって生きてゆきたい。愛子がそう言うと、ナスミは軽い口調で、

「じゃあ、そうすれば」

と言った。

「そんなことできないじゃないですか」

　愛子が言うと、

「できるよ」

といとも簡単に言った。

「自分でそう思えばいいじゃん。いいよ、あげるよ。そっくりそのまま、あげる。ほら、落語家とか名前継ぐじゃない。あれと同じだよ」

　そう言った後、おそらく落語家の誰かの物真似の口調なのだろう、

「盗めよ」

と言った。

　二人は、啓介の部屋の窓が見える場所を探し、座れる場所を見つけて腰を下ろして、温かい缶コーヒーを開けた。啓介たちは、すでにチェックインしているらしく、カーテン越しに明かりが見える。それだけでも、ナスミと愛子は大いに盛り上がり、

「なんだか、花火大会みたいだね」

とナスミは言った。カーテンの向こうに人影がちらりと見えただけで、二人は興奮して、ヒューヒューと言い合った。それだけで楽しかった。

「愛ちゃん、最初はね、物真似でも何でもいいんだよ。最終的に自分がなりたいものになれれば、それでいいんだよ」

ヒューヒュー言うのにあきた頃、ナスミはそう言った。そう言われた愛子は、啓介がいる窓を見る。啓介もまた、今まさになりたいものになろうとしているのだろうか。ふいに子供のころ、啓介とセミ捕りをしたことを思い出す。たくさん捕まえて、小さなカゴに入れていると、いつの間にか二匹のセミの体がお尻どうしでつながっていて、それは愛子にも啓介にもとても気持ちの悪い形に見えたので、二人して草むらに捨てた。今思えば、交尾中のセミだったのだろう。あの後、メスは自分に残された力を振り絞り、木にはい上って卵を産みつけたのだろうか。

「あっ」

とナスミが声を上げた。

啓介の部屋の窓の明かりが消えたのだ。

それを見ながら、ナスミも愛子も何も言わなかった。愛子は、本当は兄を茶化すようなことを言うつもりだったのに、厳かというか、なにかとても神聖な気持ちになってしまった。それはクリスマスのせいなのか、セミのことを思い出したからなのか。

「次にあそこに明かりがつくときはさ」

とナスミが言った。

「新しい人生が始まるんだね」

　そういうナスミもまた、厳かな気持ちになっているのだと、愛子は思った。

「私になりたいなんて、そんな人がこの世にいたなんて思ってもみなかったよ」

　バスを降りてゆく愛子を、ナスミは呼びとめて、そう声をかけた。

「私は私でよかったんだね。最後の最後に、そんなふうに思わせてくれて、ありがとう」

　愛子は暗い道路に立って、ナスミを乗せた明るい窓のバスをいつまでも見送った。それが愛子がナスミと会った最後だった。

　返済はいつの間にか銀行振込になって、日出男と会うこともなくなり、啓介が新しい恋人の話ばかりするようになると、ナスミのことを思い出さない日が増えていった。

　次の年、街がクリスマスのディスプレイになった頃、父の会社の事務所に届いた喪中欠礼のハガキをなにげなく手にとった愛子は、胸をつかれた。四月にナスミが亡くなったという日出男からの知らせだった。四月というと、愛子は引っ越しをした頃だ。実家を出て、勤め先の近所に小さなワンルームマンションを借りたのだった。

ナスミが亡くなってから、すでに七カ月あまり過ぎていた。何かあったら知らせてくれと日出男に頼んでいたので、快方に向かっているのだとばかり思っていた。たぶん、ナスミが知らせるなと言ったのだろう、と愛子は思う。涙は出なかった。あの、明るい窓のバスにナスミがまだ乗っていて、どこかを走っているような気がした。

その四年後、あの喫茶店でどういう巡り合わせか、日出男とばったり出会って、なんとなく付き合うことになり、結婚までしてしまった。一番驚いているのは愛子で、「ナスミになりたい」と言ったが、まさか、ナスミが亡くなった後の続きを自分が引き受けることになるとは、思ってもいなかった。

寒い冬の早朝、愛子は届いたばかりのキャベツの葉を素手でむきながら、こうなってしまったことを、ナスミはどう思っているのだろうと考える。おそらく、げらげら笑っているにちがいない。バカみたいに笑うのは、ナスミこそが、一番ふさわしいからだ。

愛子は、鼻をすすりながら、自分のお腹をさする。そして、そこに宿ったばかりの命に優しく声をかける。

「はやく出ておいで。出てきて、一緒に笑おう」

キャベツの匂いのする指で、まだ見ぬ子供を抱きしめる自分を想像すると、愛子の口もとは自然とゆるんでゆく。なんかいいじゃん、と愛子は思い、すべてに満足している自分に気づく。

布団に入って明かりを消して、日出男にそのことを告げると、「言っとくけど、オレも、満足してるからね」と負けずに言い返す。すぐに真似したがるんだから。子供みたい。と、愛子は声を出さずにくすくす笑う。

静かな暗闇の中に、浴室からだろうか、水滴の落ちる音がする。起きて締めに行こうかと思うが、体はすでに眠りの方にいる。ふいに、高校生のとき飛び下りろと言われた体育館を思い出す。自分だけのものだと思った、贅沢なあの時間を、湖のように静かだったあの床を。あの日、私はたしかに飛び下りた、と愛子は思い出す。着地した瞬間、何枚も敷いたマットに優しく包まれた。なんだ、怖くないじゃん、と思ったのだった。気がつくと、飛び下りた場所は体育館ではなく草むらだった。そこから大きな建物の窓が見える。そこに、小さな明かりが灯るのが見えた。あ、新しい人生が始まるんだ、と声がした。それがナスミの声なのか、自分の声なのか、わからないまま、愛子は眠りに落ちた。

第11話

日出男は居間に入ってくるなり、

「じゅおうがきた、じゅおうがきた」

と繰り返した。

鷹子がさやえんどうの筋をむいているのを見ると、それを横に押し退け、もう一度、

「じゅおうだよ、じゅおう」

と怒ったように言う。

「なに、それ」

と言って、まだ平然とさやえんどうをむき続ける鷹子に、日出男は、

「だから、じゅおうが来たんだよ」

とじれったそうに店の方を指す。

らちがあかないと思った日出男は、鷹子の腕をつかみ、店へ強引に連れて行った。店には笑子がレジ前で居眠りしているだけで客はおらず、いつもの風景だった。

「だから、なによ」

鷹子が不満そうに日出男を見ると、

「さっきまでいたんだって」

「誰が」

「だから、じゅおうこうりん」

「だれ、それ」

鷹子にはそんなヘンな名前に聞き覚えはなかった。

「漫画家だよ。ほら、ナスミの好きだった『ホドコシ鉄拳』を描いてる」

鷹子が「あぁ、あの人か」と、とても親しい人のように言ったので、日出男は憤慨し、

「累計一五〇〇万部だぜ」

と不満そうに言う。そんな有名な漫画家がわざわざ家に来たんだから、オレみたいに

もっと興奮してもいいんじゃないの、と日出男は言いたかったのだ。

「鷹子さん、いますかって。まだ、そんなに遠くへ行ってないはずだから、オレ、車まわしてくる」

と、日出男はもう車のキーを持っていて、表に飛び出す。鷹子もそれにつられて笑子に店番を頼み、外に出た。

樹王光林(じゅおうこうりん)は、店の前にある神社の真っ赤な鳥居の下で富士山を見ながらぼそぼそ電話で話していた。絹の白シャツに、白いエナメルのベルト、白い革のズボンだった。同じ白でも、目を凝らすと、色や光沢が微妙に違った。鷹子を見つけると、「あっ」となって、あわてて電話を切り、愛想よく近づいてきた。

「どうも、ごぶさたしてます。樹王です」

「こんなところまで」

と鷹子は、恐縮して頭を下げる。

そのようすを見ていた日出男は、「えーッ、えーッ」と言っている。

「もしかして、知り合いですか」

と日出男は、樹王と鷹子を交互に見るが、まだ混乱がおさまらない様子でそう言った。

鷹子は気まずそうに笑いながら、

「知り合いっていうか」

と言って、樹王に助けを求めるように「ねぇ」と笑った。

鷹子が樹王を訪ねたのは、まだナスミが生きているときだった。ナスミが、他のことはどうでもいいんだけど、ジュオウコーリンの『ホドコシ鉄拳』の最終回が読めないのが悔しいンだよね、とマンガの最新号を開くたびに言っていたので、鷹子は思い切って東京の出版社に出向き、絶対に誰にも言いませんから最終回がどうなるのか教えていただけないでしょうか、と頼んだのだった。

もちろん、そんなことは無理な話で、出版社の社員に丁重に追い返されたのだが、鷹子はどうしてもあきらめきれず、その日は東京に宿泊して次の日も押しかけ、主人公が生きるか死ぬかだけでもいいから、教えて欲しいと頼み込んだのだった。

鷹子はその後、三回ほど東京に出かけて、出版社の受付でねばったが、担当者は、描くのは先生なので、こちらではわからないと突っぱねた。じゃあ、先生に聞いて下さい。だから、創作というのは、デリケートなものでして、それは無理なんです。という話を相手は繰り返す。じゃあ、先生に会わせて下さい。担当は大先生にこんな怪しい人間を取り次ぐことなどできるわけもなく、大いに気の毒がってはくれたが、そもそも根本的に無理な話なんです、と説明した。しかし、鷹子は必死だった。

「リンゴさんに、何とかお願いできませんでしょうか」

「リンゴさんって何ですか？」

と担当が、きょとんとして顔を上げると、鷹子は、あらイヤだ、私、リンゴさんって言いました？　と恐縮した。

鷹子は、樹王光林という名前から、なぜかリンゴをイメージしてしまい、ついそう言ってしまったのだった。

この話を担当が冗談話として話したのを、樹王光林は興味を持ち、自分がその人に直接無理だということを説明すると言いだした。あわてた担当が、そんな必要はないと言ったが、樹王は譲らず、東京のホテルで鷹子と会うことになった。

鷹子は、樹王に会うことは誰にも言わずに上京した。今までの流れから、断られるのはわかっていたが、描いている本人の口から言われたら、あきらめがつくだろうと思った。とはいうものの、本当にあきらめることなどできるのだろうか、とも思う。ナスミがあんなに若いのに、亡くなってしまうことを、あきらめることなどできるのか。

突然、歩道を歩く鷹子の目の前に車が乗り上げて、こちらに向かってきて停まった。

車は駐車するつもりで端に寄せただけなのだが、鷹子には、それがとても理不尽なことのように思えた。ナスミが亡くなるのと同じように、唐突で受け入れがたいものだった。

鷹子は車の前で立ち止まったまま動くことができなくなっていた。歩道が車でふさがれているだけなのだから、歩道からおりて、よければいいだけの話なのだが、なぜかそれができなかった。

駐車した車から女性が降りてきて、後ろのトランクから、タマネギが大量に入った袋を二つ取り出し、担いで向かいの店へ運んでゆく。女の人は、鷹子が自分の車の前に立ったままなのを、不気味そうにちらりと見たが、そのまま店に入った。鷹子は、車の前で一歩も進めずに立っていた。女の人が店から出てくると、まだ鷹子が車の前に立っていたのでギョッとなり、急いで車に乗り込み、少しバックして鷹子を避けるようにハンドルを切り、走り去った。

車がいなくなって、歩道にぽっかりと何もなくなったとたん、鷹子は急に悲しみに襲われた。自分は、ただただナスミが亡くなってゆくのを待っているということに、気がついたからだ。ナスミが死ぬということは、あまりにも大きすぎて、どこかへのけたり、迂回したりすることなどできない。終わりを知りたいのは、ナスミではなく、自分なのだと思った。この宙ぶらりんの苦しさを早く終わらせたいと思っているのは、自分だった。

樹王光林はひとくちで言うと、でかい人だった。それだけで充分、人の目を引くのに、しずくの形をしたバッグを肩に斜め掛けしていた。透明なプラスチックの容器の中に本当に水が入っていて、樹王が鷹子を見つけて立ち上がって頭を下げると、それは大きな涙の粒のように揺れた。

鷹子の話を最後まで黙って聞いていた樹王は、

「話はよくわかりました。しかし、それは無理な話なんです」

と言った。その言い方は誠実な人だと思わせるものだった。

「実は描いている私にも、先がどうなるかなんて、まるでわからないんです」

と言った。

そう言われた鷹子はさぞかし驚いた顔をしていたのだろう、樹王は、

「そうなんです。わからないんです。この話が、一年続くのか十年続くのか、それすらわからない」

「そういうものなんですか？」

鷹子が驚いた顔のまま聞くと、

「そうです。人生と同じです。一寸先は闇です」

と樹王はきっぱり、そう言った。

「そうなんですかぁ」

しょんぼりした鷹子は、すわっているのに肩から外さない樹王のしずく型のバッグを見ていた。中の水は、樹王が肩を揺らすたびに小さく揺れた。中にあるケータイやら財布が水に沈んでいるように見える。

「それは、どうやってあけるんですか?」

鷹子は、どうしても聞きたくて、しずくの形をしたバッグを指す。

面食らったような顔になった樹王が、自分のバッグのことかと気づき、親切に開けてみせてくれる。

「こうやって、ぱかっとあくんですよ」

「あらほんとう、ムール貝みたい」

鷹子が驚嘆(きょうたん)の声を上げる。

「ナスミに見せてあげたい」

そう言ったとたん、鷹子の目から涙が吹き出した。自分でも驚くほど突然で、拭き取る間もなく、そのままテーブルにぽとりときれいに落ちた。

「いやだ、わたし」

あわててカバンからハンカチを取り出そうとする鷹子をとめて、

「それ、ボクにくれませんか?」

と樹王が言った。

「いや、その、決してヘンタイではないんです。ボク、涙を集めてまして」

鷹子が、はぁと見ていると、

「そうだ、この涙型のカバンと交換してくれませんか。そしたら、ナスミさんにも見せてあげられるし」

と言い、樹王は、もうカバンの中身をコンビニのレジ袋に詰め始めている。鷹子の視線に気づいて、

「ダメですか?」

と残念そうに聞く。

「いいえ、別にいいですけど」

と鷹子が言うと、

「ありがとうございますッ」

と、まずスマホで机の上に落ちた涙を撮ってから、収集家と言ったのは本当だったら

しく、スポイトと小さな容器を取り出して、涙を吸い取った。それを嬉しそうに胸のポケットにしまうと、空になった涙型のバッグを鷹子に渡した。

「本当にいいんですか?」

「もちろんです。いやぁなんか、すみませんねぇ」

と樹王は本当に嬉しそうだった。

別れ際、鷹子は樹王にナスミの話をした。ナスミが『ホドコシ鉄拳』は自分にとっては地図みたいなもんだと言っていたこと。お姉ちゃんみたいな人は、道に迷うことなんかないから、そんなものはいらないかもしれないけれど、自分みたいにデタラメに生きてきた者には、どこに行くべきかを指し示す、ジュオウ先生の地図のようなものが必要なんだと言ったこと。そんなふうにナスミに言われたけれど、実は、今の自分は完全にストップしてしまっていると鷹子は言った。今日も歩道に乗り上げてきた車の前で一歩も歩けなかった、という話をした。樹王は、

「それは、ストップというより、目先のことしか見えてないんじゃないですか」と言った。

「鷹子さんは、自分が歩いている歩道しか見えてないんですよ。怖がると、脳はそんなふうになってしまうんです」

「私、怖がってるんですか」

「失うことを怖がってるんじゃないですか」

鷹子は、その通りだと思った。自分は怖いのだ。ナスミがいなくなってしまった、その後が。

「でもね、まだ失ってないんですから。ナスミさんは、まだ生きているんですから」と樹王はそう言って笑った。

鷹子は本当にそうだと思った。私は先のことばかり考えて、怖がっているだけなのだ。

樹王と別れて、その帰り道、鷹子はもう泣かなかった。大きな涙を肩からぶら下げて泣くのは、なんだか、ばかばかしかった。

ナスミに、樹王光林先生からもらったよ、と言って涙のバッグを渡したが信じてくれなかった。サインをもらうか、写真を撮っておけばよかったと悔やんだが、ナスミは「ぜーったい、しんじない」と言っていたので、そんなものがあっても疑っただろう。

しかし、ナスミは、そのカバンをとても気にいり、リップクリームやら小銭やらを入れて病院の売店に行くときに使っていた。ときどき、しずく型のカバンを振ってみせ、私が死んだときは、これぐらいみんなが泣いてくれないと困るんだよねぇ、とげらげら笑っていた。

二年ぶりに会った樹王光林は、少し痩せて色も黒くなっていた。

「実は、最終回を描いたので、コピーを持ってきました。雑誌は、今日、発売です」

と大きな封筒を鷹子に渡した。

「わざわざ」

と鷹子は絶句した。

日出男が店から色紙を、笑子がオハギを持って走ってきたが、樹王の乗った車はすでに走り出していて、それでも樹王は窓から体を乗り出し、

「それ、鷹子さんの地図になればいいんですけど」

と言うきれぎれの声とともに車は行ってしまった。

手に残った封筒から原稿を出すと、コピーとは思えないほど鮮明で、手描きのもののようにみえた。実は鷹子は樹王のマンガの良さがわからず、全巻読むには読んだが苦痛でしかなかった。

鷹子はコピーを、一生懸命、一字一字読んだ。全体の話をつかめていないので、ど

こで感動せねばならぬのか、まったくわからなかったが、とにかく最後まで読んだ。一番最後のコマに「完」でも「おわり」でもなく、力強く「続けッ！」と書いてあった。

鷹子の心は激しく揺さぶられた。それは、樹王の、生きとし生けるものへの祈りのように思えたからだ。生きとし生けるものの中には、たぶん自分も入っていて、ナスミもいて、笑子も日出男もいるのだ。まさしく、生きることは、「続けッ！」なのだ。ナスミが死んでも、鷹子の人生は続いてゆく。鷹子が死んでも、誰かの人生は続いてゆくのだ。

「ねぇ、サイン、もらった？」

と日出男に言われ、鷹子は、またもらいそびれたことに気づいた。

「写真は？」

「ごめんねぇ」

「えーッ、もらってないのかよぉ」

と樹王のマンガなど読んだことのない笑子まで悔しがる。

鷹子は笑いながら、でも、私はいっぱいもらったのよ、と心の中で言う。

何をもらったか、それは誰も知らない。たぶん、樹王だってわからないだろう。もしかしたら、私だって樹王に何かあげたのかもしれない、でもそれが何なのかわからない、と鷹子は思う。だけど、ちゃんと渡して、受け取ったということだけは、お互いわかっていた。

何をあげて、何をもらったのか、誰も知らない。だからこそ、それは私の体の中にいつまでもいつまでも残るだろうと思った。

第12話

夏美(なつみ)と初めて会ったとき、それは主任から「ヨッちゃん、頼むわ」と紹介されたときだけど、この子、どちらかというとキレイな部類に入るんじゃないのと思った。背は高くないのに、すらりとしていて、好江(よしえ)は「なんなんだよぉ、この女」と意味もなく敵意を抱いたのを覚えている。自分が男だったら、絶対に付き合わないタイプの女だけどさ、と心の中で毒づいたりもしたが、いざ付き合ってみるとおもしろいヤツだった。反応がはやいというか、こちらの話をよく聞いてくれていて、歯切れよく返してくれるのが気持ちいい。

そのころの夏美は東京へ出てきたばかりで、あか抜けない女の子だったのに、みるみるきれいになっていって、好江は、すぐに辞めちゃうんだよね、こーゆー子はさ、と思っていたが、仕事に手を抜くことはなく、かといってダラダラいつまでも時間がかかるということもなく、よく働いた。好江は、美人のくせにやるじゃん、と思った。

夏美の本名がナスミだと知ったのは、香港旅行へ二人で行くぐらい仲が良くなったころだった。パスポートを見せたがらないから、コイツ絶対年齢詐称してるなと思い込んでいたら、ひたすら隠しているのは名前の方で、「何で」と問い詰めると、「だってナスミだよ」と見たことのないぐらい険しい顔で夏美が逆切れした。好江は「別にいいじゃん。独創的で」と思ったが、本人があまりにぶち切れ続けているので口には出さなかった。

好江とナスミは、主にビルを清掃する会社に勤めていた。年齢の近い同僚が他にいなかったので、二人して会社の帰り、カフェや居酒屋で上司や得意先の悪口をしゃべり倒すのが楽しかった。なのに、ナスミは会社を辞めることになり、好江は何回こんなことがあったことかと嘆いてみせたが、ナスミの決意は変わることなく、いつもと同じようにきっちり仕事を済ますと、ロッカーに残っていた荷物を紙袋に突っ込み、じゃあねと好江に手を上げ、あっけなくオフィスを出て行って、それっきりになってしまった。

その後、コンビニやクリーニング店でバイトをしているという話を人づてに聞いたが、会うこともないので、ナスミのことは自然と忘れていった。

なので、突然、本当に突然、何年かぶりに好江の仕事場にやってきて、東京を出て、実家に戻ると聞かされたときは驚いた。その日の夜、一緒に食事をした。居酒屋へ行こうよと好江は誘ったが、いや今、酒やめてさとへへへと笑った。後で思い返すと、そのときすでに病が進行していたのだろう。それでも昔みたいによく食べよくしゃべった。好江が上司の悪口を言うと、すでにナスミは知らない上司だったはずなのに、前と同じように「頭悪いよねぇ」と相槌を打ってくれるので、好江の方は気持ちよくしゃべり続けた。あのとき、ナスミはほとんど自分の話をしなかった。店を出たとき、すでに終電が出た後だった。好江は家に泊まりなよと誘った。そう言われてナスミは、その気になっていたはずなのに、暗い三叉路（さんさろ）で突然立ち止まり、やっぱ帰るわと言って、好江の家とは反対の方へ歩いて行った。その道は駅に続く道ではなかったので、ちょっとどこ行くのよと好江は声をかけたが、ナスミは振り返ってニッと笑い手を上げて、「うまくやんなよ」と言い、そのまま夜の道へ消えてしまった。それが、好江がナスミを見た最後だった。

好江の方はというと、結局四十五歳になっても結婚もせず、まだ同じ会社にいた。それでも同じ社内につきあっている男がいることはいたのだが、東北の震災のとき、ちゃっかり水やらティッシュやらカップ麺を買い込んで、それを自慢げに見せられた好江は、こんなヤツだったのかと、気がぬけた。

その後もずるずると関係は続いたが、とうとう次の年の春に別れることになった。

「そういえば、夏美、死んだんだってな」

別れ話をしている男からそう聞かされ、自分の話などぶっとんで、

「うそ？　いつ？　うそ？　いつ？」

と繰り返す好江に、男はうんざりしていたようだが、それでもケータイで友人に連絡しまくって、夏美の情報を集めてくれた。

夏美は富士山の見える病院で、桜の花が終わるころに逝ったらしい。そう聞いても好江には、嘘としか思えない。「富士山に桜って、そんなのフツーあるかなぁ」とにわかには信じられない気持ちになる。ナスミの言った「うまくやんなよ」って、そーゆーことなの？　と思う。富士山に桜みたいなことなの？　と問いかけようと振り向くと部屋に誰もいないことに初めて気づいた。好江がぼんやりしている間に男は出て行ったようだった。財布から三万円が消えていた。好江が買ったデジタルカメラもな

くなっていた。それから、よほど長い間ぼぉっとしていたらしく冷凍庫にあったアイスも全部食べつくされていた。好江は「けっ」と言って、冷蔵庫の横っ腹を蹴り上げ、足の小指の皮膚が破れた。

その傷が目立たなくなったころ、ようやく出て行った男の残した物を片づけ始めた。車なんか持っていなかったくせに、車の雑誌が山のように出てきた。それから、何に使うつもりだったのか、十本入りのアルカリ乾電池が未開封のまま、あちこちから十パックほど。よれよれのTシャツや下着が、使用したものか未使用なのかわからないまま押入れに突っ込まれていて、今となったらそれを素手で触るのも気持ち悪いので、料理用のトングでゴミ袋に入れてゆく。掃除が終わったら、このトングもゴミ箱行きだと好江は思う。そんな中から、ころんと円筒形のフイルムケースが転がり落ちてきた。フイルムケースなんて久しぶりだなと思って、フタを開けると中から白いかけらのようなものが二つ出てきた。プラスチックでできているものではなかった。どちらかというと象牙とか石とか、そういう自然のものに思えた。フイルムケースには、黒いマジックで日付が書かれていて、それをながめているうちに、好江は「おぉッ」と声を上げた。

それは、清掃会社の送別会の日付だった。たしか課長の送別会だ。課長は、ずんぐりした体型で、みんなから陰でクマのぶーさんとよばれていた。奥さんの手編みのベストが小さすぎて、どうやってもお腹がはみ出てしまうからだ。そのぶーさんは、ナスミのことを目のカタキにしていた。ナスミがやったという理由だけで掃除をやり直させたり、得意先に手をまわして恥をかかせたり、コツコツと細かい嫌がらせを山のようにやっていた。それでもナスミは笑って「仕事しろっつーの」と、へでもない顔をしていた。なんでいじめられるか、思い当たることはある、とナスミは好江に言ったことがあったが、くわしいことは一切話さなかった。

しかし、送別会のときは違った。ナスミは最初から怒っていた。怒って、なにかと課長にからんでいた。二次会後、とりあえず一度解散となったとき、花束を持った課長の肩をたたき、振り向いた瞬間、ナスミは間髪いれずに、課長の顔の中心を思いっきりなぐりつけた。課長はのけぞり、さすがにこけることはなかったが、突然のことなので「なんで?」というマヌケな顔でナスミを見た。ナスミの怒りは、それではおさまらなかったようで、もう一度、同じ場所にパンチをくらわせた。課長は「てめぇ」とさけんで、ナスミの体を地面にたたきつけた。ナスミの顔面は、アスファルトに打ちつけられ、その拍子に血が飛び散り、口から何か飛び出した。ナスミはそれで

も立ち上がり、

「てめぇ、カトーユカリに何してくれたんだよぉッ！」

とわめいた。

加藤由香里というのは、去年入社したばかりの女の子だった。好江が見ると、加藤由香里は青ざめたまま立っていた。

課長は、「なッ」と言ったきり絶句していたが、

「きッ、君には関係ないだろッ」

とさけんだ。そして、加藤由香里の方を見ると威圧的な声で、

「何かあったかな」

と言った。

全員が加藤由香里を見た。加藤由香里は困った顔になり、下を向いたまま小さく、

「何もありません」

と答えた。

課長は、とたんに態度が大きくなり、

「ほら、何もないって言ってるじゃないか。このバカ女がぁッ！」

とナスミをもう一度押し倒して、駅に向かって歩きだした。

ゆっくり立ち上がったナスミは、鼻から口にかけて血にまみれていたが、それをふこうともせず、刺し殺すような目で課長の背中を見つめていた。

好江は、ようやく動けるようになり、ナスミの顔をハンカチでふいてやった。その場に残された会社の者たちは無関係をよそおいながら、ばらばらとその場を離れていった。

好江は、とにかく落ちつけそうな喫茶店をさがして、座らせ水を飲ませたころ、ナスミはようやく落ちついたようすで、「ゴメン」と声を出した。

「あいつはさ、カトーをだまして、無理やり子供をおろさせたんだよ」

ナスミは、タバコを灰皿に押しつけて、そう言った。

課長は加藤由香里と関係を持ったが、子供ができたと知ると、産婦人科の友だちがいるからタダで診てもらえる、と加藤由香里をだまし、そのままそこで堕胎手術をしたというのだ。

好江はコトバが出なかった。

「カトーが泣くんだよ。くやしいって。そりゃそーだよね。ボーリョクだもんね。最大のボーリョクだよ」

好江は、「何もありません」と言った加藤由香里の青ざめた顔を思い出す。

「泣かれただけなの。別に何か頼まれたわけじゃない。単に私の暴走」

そう話すナスミのくやしさが、好江に伝わってくる。

「そりゃ、そんな話、みんなの前でやったらカトー困るよね」

ナスミはそう言って、目の前のコーヒーをひと口飲んだ。どこでもいいと思って入った喫茶店なのに、コーヒーがバカみたいにうまかった。

「ごめんね」

ナスミはもう一度あやまった。

「さがしにゆこう」

好江は、そう言って立ち上がった。

「何を？」

「歯だよ、歯」

「あぁ、歯ね」

ナスミは舌で半分なくなった前歯をさぐる。

「見つけて瞬間接着剤でつけよう」

「え、接着剤でくっつく？」

「根元からじゃないもん。歯医者行ったらぼられるよぉ。セラミックとか保険きかないんだから」

ナスミはようやく、自分が無謀なことをしでかしたということに気づいて、

「どうしよう」

と言った。その声があまりにも正直で切実だったので、二人で大爆笑した。

歯は歩道に植わっている木の根元に、二つ並んで落ちていた。

「割れたアーモンドみたい」

とナスミは笑った。

ドン・キホーテで瞬間接着剤を買ってきて、一番明るい自販機を見つけて、そこにナスミの顔を向けさせ、ひっつけようとするが、歯は思ったより薄く、なかなかうまくつかない。じれたナスミが辛抱たまらずしゃべると、よけいにうまくゆかず、好江が「もうッ！」と切れる。そもそも、路上でそんなことをすること自体無理な話で、ナスミが「歯医者に行く」と言い出し、好江もあきらめた。

自販機の前に置いておいたドン・キホーテの黄色いビニール袋が風に舞い、好江があわててそれを追うが、つかまえきれず袋はそのままどこかへ行ってしまった。好江はナスミの顔を見て、

「領収書が入ってた。会社の経費で落としてやろうと思ってたのに」

とくやしがった。

風はビニール袋だけでなく、好江とナスミの髪をも派手に舞い上がらせる。それでも二人は強い風に向かって立っていた。

ナスミはてのひらの上のアーモンドみたいなかけらを握りしめると、突然、けらけら笑いだし、

「私、絶対、この夜のこと忘れない」

と言った。それは好江も同じだった。

「歯のお金、どーするの？」

好江が聞くと、

「しかたない、ダイヤモンドでも売るか」

と言ったので、よくそんなウソくさいこと、この場で言えるよなぁと思っていたら、次の日、本当に立爪のダイヤの指輪を持ってきて、会社の帰り、二人で質屋に売りに行った。台はプラチナなので四万八千円。ダイヤは傷があるので六万円と言われ、好江は「あんた、全部で十万だよ。すごいじゃん」と無邪気に喜んだが、ナスミは結局、台だけを売って四万八千円を受け取り、小さな粒になってしまったダイヤを手元に残した。何でそれも売らなかったのよと好江がしつこく言うとナスミは、

「こうやって石だけになると、母さんの目みたい」

と、答えになってないことを言った。

ダイヤモンドは、タクシーのヘッドライトに反射して、まるで自ら光をはなっているかのように輝いた。

「お母さんは、それ売って、ちゃんとした歯を入れて欲しいと思ってるよ、きっと」

好江が言うと、

「そうだね」

とナスミもうなずいた。そして、

「足りないぶんは、何とかする」

ときっぱり言って、ダイヤの粒を、指輪を入れてきたフイルムケースに戻した。

物が散乱した部屋の真ん中で、好江はナスミの歯の入ったフイルムケースを握りしめたまま動くことができなかった。ナスミがいなくなった、ということが納得できなかった。そう思ってしまうと、自分の元の部分がぐらぐらになってしまいそうだった。私は信じないから、と好江はフイルムケースを握りしめたまま、誓うようにそう思った。

その後、好江は二回引っ越したが、ナスミの歯だけは、失ってしまうことなく手元にずっと残っていた。ダイヤモンドをナスミは母の目だと言ったが、ではナスミの歯は何なんだろうと思う。歯は歯のままだった。好江には、ナスミのように何かにたとえる能力もセンスもない。

一緒に住むようになった男たちは、ナスミの歯を見つけると、死んだヤツの歯なんて気持ち悪いもの捨ててしまえ、と言った。なので、気をつかって人目につかない場所に隠したりするようになった。しかし、男とケンカした夜、台所の棚の隅にひっそりと、ナスミの歯の入ったフイルムケースが置かれているのを見つけたとき、たまらない気持ちになった。ナスミだけが悪者になってしまったあの送別会の夜を思い出し、好江はがまんならない気持ちになる。加藤由香里が「何もありません」と言ったとき、誰も動かなかった。なのに、あの場にいた誰もが、日頃悪口を言っていた課長の方へついたのがわかった。課長が正しいからではない。ナスミにつくとやばい、とみんなは直感的に思ったのだ。そして、本当のことをいうと、好江もまたそう思ってしまった。あのとき、ナスミはちらりと好江を見たのを知っている。でも好江は、そのことに気づかぬふりをして、難しい顔で考えるふりをしていた。ナスミに声をかけたのは、みんなが駅に向かって歩き出してからだった。みんなの視線がナスミから外れたとたん、ようやく親切な声が出たのだった。

好江は、ナスミの歯をさも汚いもののように放り出す男たちに、そうだね汚いよねとはどうしても言えなかった。だってナスミは死んでしまったのだ。死んでもなお、ナスミをのけものにするわけにはいかない。

ナスミのことでケンカ別れしたのはマザコンの男で、出会ったころ、オレの乳歯を母親が大事に残してくれてるんだよね、と自慢していた。それが何の自慢なのか、好江には全くわからなかったけど、とりあえず「へぇ、すごいね」とあわせてやったのに、あやつは隠してあったナスミの歯をわざわざ見つけ出し、「ね、これ何？　何なの？」としつこく聞いてきて、こっちが「何でもない」と答えると、よけいに興味津々で、勝手に中身を取り出ししげしげ見て、まだ「ね、何なのこれ？」と聞く。しかたないから「死んだ友だちの歯」と正直に言うと、男は大げさに「ひぇぇぇ」と声をあげて、ナスミの歯をベランダに投げつけ、自分は台所にかけこんで、これでもかというほどのしつこさで手を洗った。

生きている者の歯は「へぇ、すごいね」なのに、なんで死んだ者の歯になると「ひぇぇぇ」なのか。好江には納得がゆかなかった。

歯に対するリアクションは、マザコン男に限らず、他の男も同じようなものだった。

好江はそのたびに「あ、そうか、死ぬのって嫌われることなんだ」と気づかされた。

それを知ってから、ナスミの歯を再び押入れの隅に押し込み、目に触れないようにした。その前に、一度捨てようと思いゴミ袋に放り込んだが、ナスミとの思い出の品は他になかったので、やっぱりしのびなくゴミ袋からひろいあげた。フイルムケースは一緒に捨てたモスバーガーの包み紙のケチャップがべっとりついていたので、ミント味のタブレットのケースに入れ換えたが、今はどこにでも売っているこのお菓子が、ナスミが生きていたころにはなかったことを思い出し、少し泣けた。フイルムケースもまたナスミの生きていたころの証（あかし）のような気がして、中性洗剤できれいに洗って、ベランダに干した。

フイルムケースは素っ気ない円筒形で、薄いフタはスクリュー式に閉めるのではなく、ぱちんととめるタイプだった。今だったら、使い捨てのものでももっとクリアな透明のプラスチックなのだが、このころはそういう技術がなかったせいか、すりガラスぐらいの透明度で、外からだとナスミの歯の形がぼんやり、なんとなくわかるぐらいだった。

本当は、富士山の見える実家に戻すべきなんじゃないかと考えたが、ナスミとの記憶は、東京の隅の隅にある居酒屋や安いバーや二十四時間営業しているカフェでしゃべり続けたことしかなく、「あんな、クソみたいなところ、帰りたくねーんだよぉ」というくだを何度も聞いていたので、できればどんな場所であれ、とりあえず東京とよべる場所に置いたままにしてやりたかった。

好江がアンチエイジングに興味を持つようになったのはそれからで、その力の注ぎ方は尋常ではなく、長年勤めていた清掃会社をやめて、怪しげな水を売る会社で営業を始めた。無理やりな営業をさせる会社だったので、それまでの友人はあっというまにいなくなり、気がつけば自分に都合のいい未来を語る、そのくせけっこう年を食った者たちばかりになっていた。

それでも好江は、元々まじめなところがある性分なので一生懸命働いた。上から目をかけられていたので、その期待にこたえたいという気持ちでいっぱいだった。

家に持って帰った事務仕事を夜中までやっていると、大声でガハハハと笑う声が聞こえ、それがしつこく続くので窓を開けると、ただ街灯だけが煌々(こうこう)とついていて、犬さえ歩いていなかった。それは当たり前で、時計を見ると夜中の二時半だった。窓を閉めると、さらにそんな好江のようすを笑うように、ガハハハという声が聞こえ、それは押入れから聞こえているようで、さすがに気味が悪くなり、仕事どころではなくなった。しかし、このままでは眠ることも仕事を続けることもできないので、思い切って押入れを開けると、ころんとナスミの歯の入ったフイルムケースが落ちてきて、あのガハハハはナスミの笑い声だったと腑に落ちた。

好江は前からわかっていた。自分がやっている仕事が法律をうまくすりぬけた、違法ぎりぎりの商売だということを。上の人たちは、みんなに平等にチャンスがあると大声で言うが、そんなのはウソっぱちで、最初に始めた数人だけが大金を手にして、その他の者が血を吐くほど頑張っても上のやつらの収入におよばないということを。それでも好江が頑張ってきたのは、今まで一生懸命やったのが全部ムダになってしまうことに耐えられなかったからだ。

「ケチくさいんだよ」

ナスミなら、間違いなくそう言うだろう。

わかってる。わかってはいるが、自分が間違った道に進んでいることを認めたくなかった。それだけだ。

もう一度笑ってくれないかなぁと、フイルムケースをふってみる。「ねぇ、私、四十九歳になったよ」そう話しかけても、ただカラカラと乾いた音がするだけだった。

好江は無性にナスミに会いたくなって、そう思えば思うほど時間は戻らないという当たり前のことに気づいて、涙が落ちた。ナスミと過ごしたあのころは、今考えても人から見れば最低の暮らしだったのに、なんでこんなに涙が出てくるのか不思議だった。

　ナスミが言った、最後のコトバがよみがえる。

「うまくやんなよ」

　清掃会社でコツコツやるのが、うまくやることとは思えず、思い切って辞めてしまった。もっと自分をいかせる、もっと自分を認めてくれるところにゆくことが、うまくやることだと思ったからだ。「好江はびびりすぎなんだよねぇ」とナスミはよく言っていた。だから、思い切って、恐れず違う世界へ飛び込んでみたのだった。

「ねぇ、今の私はうまくないの？」

　好江は誰もいない部屋でそう問うが、ナスミはそれに答えてくれない。

　次の日、好江は退社届けを出した。しつこく慰留されたが、きっぱり断ると、打って変わって脅すような口調になり、結局、在庫商品を引き取らされ、二十八万六千円払わされて、ようやく辞めることができた。

　好江は前と同じメンテナンスの会社に戻った。前よりランクがひとつ落ちた会社で、しかも派遣だった。その後、そこで知り合った人の紹介で小さなマンションの管理人をやるようになった。

　それでもアンチエイジングには興味を持っていたので、関連本は全て買い、ネットもまめにチェックして、常に最新の情報をさがしていた。とにかくお金も時間もない好江は、独自の美容方法をあみだして実践した。

そのブログが話題をよび、出版社から本を出さないかという話がきて、好江は舞い上がった。まだ担当者とも会っていないというのに、「ここだけの話なんだけどぉ、わたし本だすかもしれないんだ」と親に電話したり、会社の人にこっそり話したりした。

喫茶店での初めての打ち合わせで、なめられないようワンピースを新調したが、気合いを入れ過ぎているのを見透かされたらどうしようと気をもんでいると担当はやってきた。その顔を見て好江は驚いた。加藤由香里だった。若干、年を取った加藤由香里は、居心地の悪そうな笑顔で、おひさしぶりですと言った。

待ち合わせの喫茶店は、血まみれのナスミを好江が連れてきたところで、加藤由香里が座っているのは、ナスミが座った席だった。あのときの映像が脈絡なく浮かんでくる。ナスミが死んだと知ったときのこと、それを教えてくれた男の顔はもう思い出せないが、そいつが着ていたTシャツの柄、フイルムケースの中でカラカラと鳴る歯、その歯を見つけた植えこみの湿った土の感じ、そんなのがごちゃまぜになって、頭の中を一気にかけめぐる。好江の持つコーヒーカップがぶるぶるとふるえた。自分でもを出た。

びっくりするぐらいのふるえで、好江は何とかカップから指を離して、加藤由香里に向かって、「この話はなかったことにして下さい」とだけ告げ、つんのめるように店を出た。

加藤由香里がどんな顔をしていたのか、見る余裕もなかった。「そんなのできるわけないじゃん。ムリじゃん。ムリだよ。ムリだって」という自分の声が、がんがん頭の中に響く。加藤由香里と仕事をするのは、どう考えてもナスミに対する裏切りだった。

好江の怒りはおさまらなかった。そういうときにかぎって、マンションのエレベーターのドアが途中で開く。誰もおらず、何だかバカにされたような気持ちになって、閉のボタンをいらいらとした気持ちで何度も押した。

その後、加藤由香里からいくどもメールや電話があった。絶対にいい本にしますから一緒にがんばりましょう、というような内容で、ナスミのことは一言も触れられていなかった。好江は、そのことにも腹が立った。

でも、本音をいうと、自分の本が出版されるという晴れがましさも、どこかで捨てきれずにいた。両親や会社の同僚から、本のことを聞かれるたびに、ウソの笑顔をつくらねばならぬのも、そろそろ限界にきている。しかし、ナスミのことを考えると、どうしても加藤由香里といまさら仲良く何かをやるなんて、とんでもない裏切りのように思えてならなかった。部屋に入って明かりをつけると、テレビ台の上に置いてあったナスミのフイルムケースと目が合う。

「大丈夫、私、やらないからね」

好江は、そうナスミに断言する。そう自分に言い聞かせないと、水を売る怪しげな自分へ戻ってしまいそうな気がしたからだ。好江は、加藤由香里からの連絡を徹底的に無視し続けた。

ヘンだと思ったのは、三回目ぐらいだろうか。好江が乗るエレベーターは、あれ以来、必ず五階に止まるのだ。止まるのに、きまって誰もいない。子供のイタズラか、霊的なものなのか、いずれにせよ意図的なものを感じて好江は気持ち悪かった。

何回も連絡してきた加藤由香里も、さすがにこれ以上頼めないと思ったのか、ご迷惑をかえりみず何度もすみません。これが最後のお願いです。絶対にみなさんに喜んでもらえる自信があります。出版の件、ご検討下さいというメールがきた。エレベーターの中でそれを読みながら、ナスミのことを考えた。ナスミなら、「なめんじゃないよ」と啖呵(たんか)を切るはずだ。そう思ったとき、エレベーターの「五階です」という声とともにドアが開いた。やっぱり誰もおらず、そのままドアは何事もなかったように静かに閉まった。突然、好江は「あ、そうか」とすべてを了解した。そのとき好江には、「五階です」が「誤解です」に聞こえたのだ。ナスミは好江に、「誤解です」と伝え続けるために五階のエレベーターを開け続けていたのだ。

そうだった。ナスミはそんなケチ臭い女じゃなかった、と好江は思い出す。加藤由香里と本を出すことを、ナスミが喜ばない理由などない。ナスミは、好江の話をいつも自分のことのように聞いて、腹の底から怒り、バカみたいに喜んでくれた。腹立たしいことも、時間が経てば、二人は犬がじゃれあうようにそのことで大笑いした。ナスミにどれだけ助けられたことか。男に捨てられ続け、なので清掃会社も辞めることはできず、このまま年を取って、条件が悪くなる一方なのに何の手も打てず、そのうちにっちもさっちもゆかなくなって、自分はゴミみたいな存在になってしまうのだ、と好江は思っていた。そんな好江にナスミは、あーすればいいとか、こうしろとか一切言わず、絶望するなと言ってくれた。ただそれだけを言い続けてくれた人だった。誤解だった。今、ナスミがここにいたら、本のことでどれほど盛り上がったことだろう。そんな当たり前のことを、すっかり忘れていた自分が情けなかった。

加藤由香里と仕事をすると決めると、エレベーターは五階に止まらなくなった。止まって、人が乗り込んできても、もう「五階です」にしか聞こえなかった。そのことが好江には少しさみしかった。エレベーターの声はナスミより高いし、気取っていて全然違うのだけれど、それでももう一度「誤解です」という声を聞きたかった。

好江の本の見本が刷り上がって、五冊ほど持って加藤由香里が家にやってきた。名もない著者の消耗品のようなハウツー本なのに、ずっと大事にとっておきたくなるような装丁で、これが自分の見たことのない人の部屋にも置かれるのだと思うと、好江は不思議な気がした。

好江が、一冊をうやうやしくナスミの歯の入ったフイルムケースの前に置くと、

「なんですか？」

と加藤由香里がテレビ台に寄ってきた。「ナスミの歯だよ」と説明すると、見てもいいですか、と言ってフタを開け、自分のてのひらにアーモンドのかけらのようなのを出した。

「あのときの」と加藤由香里は絶句した。その後、ただただ号泣した。加藤由香里もまた、ナスミに対して何かしら抱えていたのだと、好江は初めて気づいた。

なかなか涙がおさまらない加藤由香里は、ハンカチで頬をふきふき、

「これ、ひとつもらっていいですか」

と鼻声で言った。

欲しいと言った人は初めてだった。というか、ナスミの歯に自分と同じ思いを抱いている人がここにいる、ということが好江にとってはあり得ない話だった。

「ちいさいほうでいいです」

と加藤由香里は言って、涙でぬれたハンカチに、歯のかけらを丁寧に包んだ。バラの模様のハンカチだった。それは、ナスミそのものをお布団かなにかで大事にくるんでいるように見えた。

加藤由香里が方々をかけまわり、サイン会をさせてもらえる書店をさがしてくれた。この世に自分のサインを欲しがる人なんているとは思えなかったが、いざ出向くと、ブログで人気というのは本当だったらしく、すでに八十人ぐらいの人が並んでいた。

好江は人が買った本を、自分の書いた字で汚していいのか、サインすることにどうにも納得がいかなかったが、それでも十人ばかり書くと、しだいに慣れてきて、笑顔で握手できる余裕もでてきた。ひとりひとりお客さんの名前を聞いて、それを書き込んで、自分の名前と日付を書いてゆく、という一連の動作がスムーズにできるようになったころ、

「お名前は？」

と好江が顔も上げずに聞くと、

「ナスミ」

と低い声で言われ、思わず顔を上げると、そこにまさしくナスミが好江の本を持って立っていた。あの夜、しこたま飲んで別れたときのままの、「うまくやれよ」と好江に言った、あのナスミだった。

好江は胸がいっぱいになって何も言えず、ただ心をこめて「ナスミ様へ」と書いた。自分の名前を書きながら、こんなヘンな名前、絶対に忘れられない、と思った。自分の名前を書いて日付を入れ、本を渡すと、ナスミはそれを受け取りながら、

「びびりすぎなんだよ」

と笑い、列からほどけて客の中へ消えて行った。好江は追いかけたかったが、できなかった。自分はこの列の先頭にいて、やるべきことがやっと始まったばかりだからだ。それは、絶望しないで生きてゆくということだ。

「だからぁ死ぬのも生きるのも、いうほどたいしたことないんだって」というナスミの声を聞きながら、好江は次々と開かれるページに自分の名前を書き続けた。

第13話

担任のウチバヤシは、私たちが八歳だと思ってバカにしている、と光は思った。今日出た宿題は、「家族の秘密」を聞いてくるというものだった。話すことができたら秘密じゃないじゃんと光は思うのだが、友人の咲チャンは、

「そんなのいいかげんに書いときゃいいんだよ」

と言う。

「いいかげんって、どんなふうに？」

「だからぁ、お母さんは体重五十六キロって言ってるけど、本当は六十二キロでした。みたいなことだよ」

「そんなのでいいの？」

「そーだよ。こんなところでリアル追求しなくていいんだって」

リアル追求、というのは咲チャンの最近の口癖だ。

「そっかぁ、体重かぁ」

「体重はダメだよ。私が使うから」

「えーッ、じゃあ、わたしなに書けばいいんですか」

「体脂肪とか？」

「体脂肪かぁ」

「あと、尿酸値とか」

「ニョーサンチって何？」

「わかんない。上がるとヤバイらしいよ」

光は忘れないように、ニョーサンチ、ニョーサンチと口の中で繰り返す。覚えたコトバを家でさりげなく使うと、母の愛子に目茶苦茶ウケるからだ。

光の新しいコトバは、たいてい咲チャンから教えてもらう。彼女のおしゃべりは、商店街の抽選会でぐるぐる回すやつみたいだと、光は思う。ぐるぐる回すと玉がポンッと出て、それを取り出そうと思っていたら、もう次のぐるぐるを回していて、玉がまたポンッと出る、みたいな。テンポがいいので、光はあきない。

うちにいる笑子ばぁちゃんなんかに、「お風呂はいる?」なんて聞こうものなら、「う〜〜ん」と考え始め、体も一緒に止まってしまう。しかたがないので光が別のことをしてもどってくると、さっきと同じ姿勢で眠っていたりする。もうちょっとテンポを上げて欲しいと思うが、父の日出男は、年を取ると時間の感覚が違ってくるんだよと言う。それって、どういうことなのだろう、と光は思う。同じ時間なのに、人によって長く感じたり短く感じたりするってことなのと、とても不思議な気持ちになる。

日出男は、「ゲームをしてるときって時間がはやく経つけど、歯医者さんとかゆくと、ものすごく長く感じるじゃん。そーゆーことだよ」と言う。

光は「ほんとうだ」と驚く。その話を側で聞いていた鷹子は、読んでいた新聞から目を離し、眼鏡を外しながら、

「人間の一生もさ、人によって違うのかもね」と言った。「ナスミは、四十三歳で亡くなったじゃない。私たちは短いと思い込んでいるけど、ナスミ本人にしたら、フツーの人の一生分と同じぐらいの長さを感じていたかもしれないわね」

と言うと、日出男はうんうんとうなずいて、「ナスミもよく言ってた。私は人の五倍生きたって」と言った。

光は、ナスミという名前をよく聞くが、その人がどういう人なのかよくわからない。あと、鷹子のこともよくわかっていない。二人とも伯母さんだということになっているけど、母の愛子が前に一度、「厳密に言うと違うのかなぁ」ともらしたことがある。「厳密に言うと」というのは、咲チャンの「リアルを追求する」と同じ意味だと光は思っていた。

世の中には、「めんどくさいから、とりあえず、そういうことにしておこうね」ということがたくさんあって、それをあばくときに使うのが「厳密に」であり、「リアルを」であるらしい。

光は、もしかしたらこれが家族の秘密かもと思って、今日こそ母に聞いて、この問題をはっきりさせようと考えた。ニョーサンチより、こっちの方がよほど秘密っぽいと思ったからだ。

母は、店のレジ前で編み物をしていた。かぎ針を使って、エメラルドグリーンのコットンの糸で光のカーディガンを編んでいるらしい。それはおそろしく下手で、いたるところに穴があいていて、光はできあがらなければいいのに、とひそかに思っている。

この時間をのがすと、母は後、洗濯物をたたみ始める。それが終わると台所で夕食をつくり始め、その後はその片づけ、レシートとにらめっこしながらの家計簿つけ、体幹を鍛えるストレッチ、風呂に入って、そこで風呂掃除をして、と怒濤のように忙しくなってしまう。

「あのさ、ナスミちゃんのことなんだけどさぁ」

光はナスミのことを写真でしか知らない。いつまでも年を取らないので、昔からナスミちゃんと呼んでいる。

「なぁに」

母は編み目を数えながら返事する。

「ナスミちゃんって、私からみると伯母さんなの？」

母は、編み物の方に熱中している。

「みたいなもんかな」

「じゃあさ、ナスミちゃんが生きてたら、私、ナスミ伯母さんって呼べばいいの？」

「そーなると、光は生まれてないんだよね」

と母は当然のように言った。

光は、驚いて凍りつく。どういうことなのだろうと動揺する。しかし、母の方は平然とした顔で糸をひっぱったりしている。光はそれ以上聞くのがこわくなって、そろりそろりとその場を離れた。

倉庫に積み上げられたダンボールのすき間に、光は体をすべらせ、膝をかかえてすわり、天井を見上げる。ここの電灯だけはまだ白熱電球だった。たぶん光が生まれる前から貼ってある、古いビールのポスターの上を蛾が歩いている。

「そーなると、光は生まれてないんだよね」

と母は言った。

光には、自分が生まれていない、という状況がどうしても想像できない。それはつまり、自分がいなくても、みんな平気だということなのか。平気でご飯を食べたり、仕事をしたり、本当にそんなことできたりするんだろうか。光は、そこまで考えてハッとなる。いや、できるんだ。だって、ナスミちゃんはみんなの前から突然いなくなったわけで、それでもみんなは、平気でご飯食べたり仕事したり笑ったりしているじゃないか。

お父さんなんか、ナスミちゃんが死んだ後、お母さんと結婚までしている。そこまで考えて、光はぎくりとなる。ナスミちゃんが生きていたら、自分は生まれていないということの意味に気づいたからだ。もしかして鷹子伯母ちゃんは、私を見るたびにナスミちゃんが死んだことを思い出していたんじゃないだろうか。ばぁちゃんに無理をいってつくってもらったチョコチップやポップコーン入りオハギを頬張って、サイコーと言えるのは、ナスミちゃんが死んだおかげなのだろうか。

光が店の方をそっとのぞくと、母は客と冗談を言いながらゲラゲラ笑っていた。そこに日出男がやってきて何か言い、さらに大笑いしている。光は、何かとても恐ろしいものを見たように思えて、あわてて自分の体をダンボールのすき間へ引っ込めた。

光の手の先で、蛾が一匹死んでいた。見上げると、同じ柄の蛾がまだポスターの上を歩いていた。光には全く同じ蛾に見えるのに、一方は生きていて、一方は死んでいる。何が違うんだろう、と光は思う。そのとき、喉の奥の方から、声が聞こえたような気がした。

「やどってるんだよ」

とその声は言った。

生きている方はやどっていて、死んだ方はやどってない。ということだろうか。光は顔を上げて答えを待ったが、誰も何も答えてくれなかった。

夕ごはんになっても笑子ばぁちゃんがあらわれないので、日出男が冗談で、

「死んでンじゃないだろうなぁ」

と笑った。それを聞いた母は、げらげら笑いながら、お皿につみあげられたいなり寿司を持って入ってくる。光は笑えなかった。昨日なら一緒に笑えたと思うけれど、今日の光には、人は死ぬもので、それは突然やってくるということが重くのしかかっている。

「ばぁちゃん、よんできて」

と母に言われ、光は、本当に死んでいたらいやだなぁと思いながら、立ち上がる。

ばぁちゃんの部屋は、テレビだけつけっぱなしになっていて、誰もいなかった。半分に割られた食べかけの煎餅が、飲みかけの湯飲みの上におかれている。光は、一瞬、本当にばぁちゃんがいなくなったような、いやな気持ちになった。

洗面所をのぞくと、すでに日が落ちて薄暗かった。そこにもばぁちゃんの気配はなく、歯磨き粉やらコップやらがいつもの場所に静かに並べられていて、光には、そのことがかえって不吉な感じがした。

台所の方で、

「あダダダダ」

というばぁちゃんの声がしたので、光がかけつけると、ばぁちゃんは仰向けにひっくり返って、天井を指さし何かわめいていた。

光がばぁちゃんの指さす方を見ても何もなかった。

「ダダダダ、ダイヤモンドがぁッ」

ばぁちゃんは、ようやくそう言って、何とか自力で立ち上がった。そして、今度は両手で頭を抱え、犬のように柱のまわりをぐるぐるまわりながら、

「ない。ない。ダイヤモンドをうしのうてしもうたぁ」

と絶叫して、しゃがみ込んでしまった。

笑子ばぁちゃんは、テレビのショッピング番組を見ていて、ふと、うちのダイヤモンドのことが気になったのだという。

「うちにダイヤモンドなんてあったの？」

と光が驚いて聞くと、そのことは母も父も鷹子も知っていた。

台所にある柱の上の方に目の絵が描いてあって、その瞳にダイヤモンドが貼りつけてあったのだそうだ。それは、ナスミにそうしろと言われた笑子ばぁちゃんが貼ったものだという。

「ナスミがさ、死んだら、そこからここをのぞくっていうからさ」

と笑子ばぁちゃんはお茶を飲んでいたが、ダイヤモンドがなくなってしまったことを

思い出して、わっとテーブルに突っ伏した。

「ばぁちゃんのせいじゃないよ。あれ、もうだいぶん前からなくなってたんだから」

と鷹子が言うと、ばぁちゃんは泣いていたくせに普通の声で、

「いつ？」

と聞いた。

「三年ぐらい前かなぁ」

と鷹子が言うと、父の日出男が負けじと、

「いや、オレは、五年前から気づいてたよ」

と、ちょっと得意そうに言う。

「え、いやだ。そんな前からなの？」

「うん、ほら、柱時計かえたとき、オレ見たもん。あれッ、なくなってるなあって」

「そうなの」

鷹子と日出男の話を聞いていた母の愛子がおずおずと、

「いや、もっと前かも」

と口をひらいた。

みんなに見られて、愛子は、すぐに言わなくてごめんなさいと前置きして、

「この子を産むために入院したじゃないですか。その日はたしかにあったんですよ。私、柱のダイヤモンドに向かって、じゃあ行ってきますってナスミさんに挨拶したから。そのときは、たしかにありました。でも、帰ってきて、この子を見せようと思ったら、もうなくなっていて」

みんなが、光を見た。見られた光は、えーっ、私のせいなのかと心臓がどきどきする。

「ごめんなさい。私のせいでなくなったのかも」

と愛子は泣きそうな顔でそう言った。

「なわけないじゃない」

と鷹子が言うと、

「だって、ナスミさん、もう見たくないんだろうなって」

「見たくないって、何を？」

愛子は少し黙った後、観念したように言った。

「だから、私が子供育てるところ」

愛子は、ずっとためていたことを全部吐き出したような気持ちになった。そして、誰かに取られるのを恐れるように光を抱き寄せた。

「そういうことが、ナスミさんの一番心残りだったのかなあって」

愛子は、そう言って光を見た。

ナスミのしたかったことは、もっと生きて子供を産んで、その子供がばたばた家中を走りまわって、それを「いいかげんにしなさいッ」と切れたりすることだと愛子は言った。

それは、光が今日倉庫で思ったことと同じように思えた。母は何年も前から光と同じことを思っていたのだった。たぶん、光が生まれるずっと前から。

光が幼稚園ぐらいのとき、愛子と二人、車に乗っていた。配達の帰りだった。突然、愛子は車を止めた。フロントガラスのむこうに富士山があった。愛子は何も言わずに、じっと山を見ていた。あまりにも長い時間だったので、雲の色や形が少しずつ変わってゆく。光が動かない愛子に怖くなって、思わず愛子の手を握ると、その手はとても冷たかった。愛子は、ふと我に返ったような顔になって、「ごめんなさい」と言った。光は、それは自分に言っているのではないと思った。愛子の目は、自分より、うんと後ろに向かっていると、光は思った。

「愛ちゃん、そうじゃないよ」

鷹子が愛子ににじり寄ってきてそう言った。

「ナスミができなかったことを、やってくれたんじゃない。感謝してるわよ、ナスミは」

　精一杯の力をこめて鷹子は言った。

「ダイヤモンドはさ、ばぁちゃんの貼り方が甘かったんだよ。きっと、米粒か何かで貼っつけたんだろう？　なぁ」

　日出男は、ここは笑子を怒らせて、それをみんなで笑いとばすといういつものパターンでやり過ごそうと思ったらしい。しかし、笑子ばぁちゃんは、しみじみとした声で、

「じゃあ、ダイヤモンドが光になったってことか」

と光の顔をなでながら、そうつぶやいた。

　それを聞いた鷹子は、胸がいっぱいになったようすで、光を引き寄せ、抱きしめた。さっき桃をむいた手だったので、甘い香りがした。甘いのに、光の息がとまりそうなほど、強い力だった。

「そうよ。光ちゃんがダイヤモンドのかわりに家にきたんだよ。これからは、ナスミも死んだ父さんも母さんも、光ちゃんの目を通して、私たちを見てくれるんだね」

　そう言って、ようやく両手をひろげ、光を解放した。

笑子ばぁちゃんも、両腕をのばして光を抱きたがった。笑子の腕は不気味で、さっき見た煎餅みたいに表面はごつごつしていたのに、抱かれると、肌は口の中に入れてとけたキャラメルみたいにすべすべしていた。

「生まれてきてくれて、ありがとうよ」

とばぁちゃんは光を揺すりながら、そう言った。

「私、生まれてきて、よかったの？」

と光が振り返って問うと、そこにいるみんなから、何言ってるの当たり前じゃないのぉと笑われた。

光は、その後、父に抱かれ、母に抱かれ、もう一度、ばぁちゃんに抱かれた。みんな違う匂いだった。みんな違う柔らかさだった。でも、みんな同じように優しかった。

光は、こういうの何っていうんだろうと思った。

「しゅくふくだよ」

喉の奥の方から、倉庫で聞いたような声がまたした。

「やどったから、しゅくふくしてくれてるんだよ」

やどったって、何が？　と光は心の中で聞いてみる。

「いのちだよ」

その夜、光は倉庫に行ってみた。床の蛾は昼間と同じかたちで死んでいた。いのちのやどっている方を探すと、それはまだこの部屋にいて、壁にべったりとひっついていた。光が、蛾の羽を触ってもすぐには動こうとはせず、それでも触っていると鈍い動きで上へ上へと這ってゆく。それが何なのか、光にはわからないけれど、この小さな虫に何かがやどっていることに間違いないと思った。そして、それは、自分にもやどっているのだ。たぶん、自分にも、この蛾と同じものがやどっているのだろう。そしてやがて、この蛾も、自分も、やどっていたものが去ってゆく。それは、誰のせいでもないように思えた。ただやってきて、去ってゆく。ナスミちゃんがこの家から去って、自分がこの家にやってきたように。誰かが決めたわけではなく、図書館の本を借りて返すような、そんな感じなんじゃないだろうか。本は誰のものでもないはずなのに、読むと、その人だけのものになってしまう。いのちがやどる、とはそんな感じなのかなぁと、光は思った。

ウチバヤシの宿題は、台所の柱にはめ込まれたダイヤモンドの話を書くことにした。ダイヤモンドというところが、秘密っぽいと思ったからだ。本当は、家族それぞれに抱きしめられたときの匂いや感触を書きたいと思ったのだが、これだけは、たとえ咲チャンに説明しても、わかってもらえないだろうと思ったのであきらめた。自分にしかわからないものが、この世にはあるんだと、光は宿題をしながら気づいた。それは、とてもさびしいことのように思えた。さびしいけれど、宝物だな、とも思った。

明日、咲チャンに会ったら、私たちは図書館の本みたいなもんなんだよ、という話をしてあげよう。咲チャンは、どんな顔をしてその話を聞くのだろう。そして、どんなふうに答えてくれるのだろうか。あぁ、それも私の宝物だな、と光は思った。

第14話

青い空に、白い十字架がゆっくりと、山頂に向かってゆくのが見えた。十字架に見えたのはヒコーキだった。そんなはずはないとわかっているのだが、咲ちゃんを乗せた十字架だと、光は思った。

あそこにいる咲ちゃんから、今の自分はどんなふうに見えているのだろうか。桜がどこまでも続く川沿いを、黒いワンピースでひとり歩いている姿は蟻（あり）みたいに見えるかもしれない。そうだ、きっと寂しそうなお婆さん蟻だ。光は咲ちゃんにそう思われたくなくて、少し背筋を伸ばす。

咲ちゃんのお葬式の会場も、ソメイヨシノが満開で、その中で大きく墨で書かれた

「咲子」という文字が笑っているように見えた。咲ちゃんの孫たちが、ギターとマンドリンとハーモニカで見送った。いい式だったよ、と光は心の中で言う。でも、六十三歳は早すぎるよ、咲ちゃん、と思う。

互いに結婚して、住む場所が離れてしまってから、ほとんど会うことはなくなってしまったけれど、それでも生きているのと、そうじゃないのとでは全然違う。

あれは、いつだったか、山で遭難した人のドキュメンタリーをやっていて、そのテレビ番組を偶然、咲ちゃんも見ていて、次の日、学校でふたりは一日中その話をした。

「私も同じこと言うと思うね」

と咲ちゃんは言った。光も同じだった。

女性二人が山に取り残されて、いよいよ動けなくなってしまう。それでも二人は互いに励ましながら何とか生きのびようとするのだが、片方の女性の衰弱が激しく、移動が難しくなる。天候はどんどん悪くなり、衰弱した女性は「私のことはいいから、行って」と言う。言われた方はしかたなく、（こうゆうのを、本当にしかたなくって言うんだねと、そのとき咲ちゃんはつぶやいた）山を降りてゆく。残される人の、その言い方がとても静かだったと、帰還をはたした女性が言っていたのが、咲ちゃんも光も、とても心に残ったのだった。ふたりは、彼女がどんな気持ちで山を降りたのか、そのことを想像して、帰り道、少し泣いた。

光は立ち止まって、冠婚葬祭用の黒いバッグを開けて、中をひっかきまわす。よかった。ダイヤモンドはちゃんと入っていた。咲ちゃんから借りたダイヤモンドだった。お葬式が始まる前に、咲ちゃんの娘さんに、借りたダイヤモンドを返そうとしたのだが、娘さんはダイヤモンドを見るなり、

「ああ、これですか」

と、初めて見たようすで、でもとってもよく知っているように声を上げた。

「父が浮気したとき、買ったやつですよね」

娘さんは、しげしげとダイヤモンドを見て、少し離れたところにいる自分の父親の方に視線を移す。咲ちゃんのダンナさんは、涙が止まらないようだった。本人にはその気はないのに涙が出るのが、不本意というか不思議なのだろう。ハンカチで拭き取った涙を見ては、しきりに頭をかしげている。しかし、涙の量ははんぱなく、汗のようにだらだら流れ落ち続けていた。

「これは、そのまま光さんに持っててもらうよう言われてますので、どうぞ」

と娘さんはダイヤモンドを光に返した。

と言われても、こんな高価なものを、と光がぐずぐずしていると、

「母がよく言ってました。嫉妬とか、見栄とか、イヤな感情はどんなに隠してもなくなることはないって。母にとって、そのダイヤモンドは、そんなイヤな気持ちを思い出させるものなんだって。それを光さんが祝福するものに変えてくれたんだって」

「でも、そのお母さん、亡くなったわけですから」

「人が亡くなっても、嫉妬とか見栄とか、気持ちは残るものなんだと言ってました。私たちに、そんなのを残すわけにはゆかないって。だから、そのまま光さんに持っておいてもらえって」

そう言われて、光は持ってきたダイヤモンドを、また持って帰ることになってしまったのだった。

あれは、咲ちゃんと光が、四十歳を越えたばかりの頃だった。咲ちゃんのダンナさんが浮気をして、腹を立てた咲ちゃんが、じゃあダイヤの指輪を買ってちょうだいといって、本当に買ってもらったものである。なのに、咲ちゃんはそのダイヤモンドがいやでしょうがないと言うのだ。

「本当は、こんなの欲しくもなんともなかったんだよね。買ってくれるかどうか、試したかっただけなんだよ。私、最低でしょ」

そう咲ちゃんは言った。

浮気騒動から三年ぐらい経って、私、もう嫉妬するの疲れたと咲ちゃんは言い、光に一緒に温泉に行こうと誘ったのだった。九州へ二泊三日の旅行を、咲ちゃんが連れて行ってくれた。指輪を売ったお金だと言っていた。しかし、離れの宿で鯉の洗いを食べているときに、チョコレートの箱から裸のダイヤモンドを一粒取り出して、売ったのは指輪のプラチナ台だけだと言った。それを光に渡し、お母さんにダイヤモンド見つかったよって渡してあげて、と言った。なくなったダイヤモンドの話は小学生のときにしたきりだったのに、まだ覚えていてくれたのも驚きだったし、気にしてくれていたことにもびっくりした。

いいよ、と光は何度も言ったが、イヤ、このダイヤモンドが祝福してもらえる場所にいけたら、私も救われるのよね、と言い張ったのだった。どうしてそうなるのか、正直言うと光にはよくわからなかったが、咲ちゃんの真剣な目だけは本気だとわかったので、じゃあ母が亡くなるまで借りるってことで、と受け取ったのだった。なのに、咲ちゃんの方が先に亡くなるなんて思いもしなかった。

母の愛子に、ダイヤモンドが見つかったと言うと、光が思っていた以上に喜んだものだから、光は、咲ちゃんはやっぱりすごい、と思ったのだった。そりゃダイヤモンドなんだから喜ぶだろうと思ったが、それを上回る尋常ではない喜び方だった。それ

を台所の柱に描いてあった目の真ん中に接着剤で付けると、愛子は満足そうにそれを見上げては、

「人生に取り返しのつかないことってないのね」

と言った。

店はそのままカフェになって残っていて、たまに映画の撮影などに使われたりしているのだが、母屋の方はとっくに壊されて新築になっている。家をつぶす前の日、愛子は一番最初に柱からダイヤモンドを取り外し、白っぽい円筒形のケースに入れた。それは、昔のフイルムケースだと愛子は言った。私が子供のころ、もうすでになくて、骨董品屋で二千五百円で売っていたので、これだと思って買ったのだと言っていた。その後、それはいつも愛子の側に置かれた。

今、愛子は山の上にある老人介護施設に入居している。眠っている時間が長く、いつ行ってもベッドの中にいた。咲ちゃんが亡くなったと聞いて、母の枕元にあるボックスからそのフイルムケースをそっと持ち出してきたのだった。母には申し訳ないが、またなくしたと言うしかない。しかし、その必要はもうないのかもしれない。母はもう、ボックスの中をかきまわすことさえ、できなくなっていた。

光はいったん家に帰ろうと思ったが、めんどうなので、喪服のまま愛子のいる施設へ向かうことにした。咲ちゃんのダイヤモンドを元に戻しておくためにである。駅から山頂まで直通の高速エレベーターがあって、本当なら山道を四十五分ぐらい歩かねばならない距離なのだが、あっという間にたどり着く。

部屋に入ると、愛子はやっぱり眠っていて、頭にヘッドホンのような装置が取り付けられていた。ここの施設のサービスで、見たい夢を見ることができる機械らしい。愛子の枕元にあるパソコンをのぞくと、どうやらナスミさんと会ったころの夢を見ているようだった。その他に「光の育児」というものがあって、苦労した時間をまたなぜ見たいのか、若いころの光なら不思議に思っただろうが、今ならわかる。このふたつのプログラムが愛子のお気に入りだった。枕元のボックスを開けて、ダイヤモンドの入ったフイルムケースを元の場所に戻す。

「まだ生きてるし」

愛子の寝言だった。とても明瞭な声だったので眠っているとは思えない。愛子はそう言って、気持ち良さそうに眠り続ける。

何の夢を見ているのだろう、と光は思う。今、その夢が愛子に必要なものなのだろう。それがウソだろうが本当だろうがどっちだってかまわないじゃないか、と光は思う。そんなことより、今をどうやって過ごすかということの方がはるかに重要なんじゃないだろうか。愛子が寝言で言ったとおり、私たちは「まだ生きてる」んだから。

光は、帰りは高速エレベーターを使わずに、歩いて降りてゆくことにする。母のスニーカーを借りて、山道を降りてゆく。なぜか、母ではなく咲ちゃんを山に置いて、今、降りて行っているように思えてきて、十代のときに流したのと同じ涙が吹き出してくる。ああそうだ、あのとき、この日のことを想像して泣いたのだった。どちらか一方がいなくなった、その痛みを想像して。咲ちゃんに、泣いたっていいよね、と光は声に出して言ってみる。だって、私はまだ山を降りてる最中なんだから、泣いたっていいんだよね。家に帰ったら孫をスイミングに連れてゆかねばならないけど、それまでは、いいよね。いつか、母の愛子も、あのダイヤモンドも、今はカフェになっているスーパーマーケットも、今から行くプールや孫さえも、なくなってしまうのだろう。そして、そこで生きた人たちの気持ちも、ゆるやかに失われてゆくのだ。絶対になくならないと思った禍々（まがまが）しい気持ちも、素直に喜んだことも、悔しかったことも、全力で頑張ったことも。

四月の緑は、こんなに瑞々（みずみず）しいのに、咲ちゃんは、もういない。そのことが当たり前のことのように思えるまで歩かねばと、光は歩く。たとえ何年かかっても、自分は山を降り続けるのだ、と光は思った。

あとがき「目に見えないものを」

腕時計を買った。それは、体重計のような形をしていて、針がない。文字盤の方が少しずつ動いているらしい。目に見えない時間が、この小さな体重計にのって私に何時か教えてくれるのだと思うと、なんとも不思議な感覚になり、思わず買ってしまった。

時計に針がないというのは、思った以上にすごいことだった。フツーの時計に慣れている私は、誰に言われたわけではないのに、自分のことを針だと思い込んでいたようだ。三時に約束があるとすると、私は針になって、その時間に突き進んでゆく。たまった家事やら雑用を、時間の中をゴール目指して泳いでいるような気持ちでいた。ところが、文字盤の方が動く時計だと、私は動かないのだ。まるで太陽や月や雲や星が動くのを見て、今、自分が一日のうちのどの辺りにいるのか、たぶん太古の人がそうしたように時間を知る。

時計は時間のプラモデルのようなものだろう。見えないものを、見える形にしてくれたものだ。つまり、それだけのものなのだ。時計は時間そのものではない。時間は時計だけであらわせるものでもない。

私たちは、時計ではあらわせない時間の話を書こうと決めた。それは、みんながあまりにも目先のことしか見てないような気がしたからだ。

私たちの本業はドラマの脚本家だが、そのテレビドラマでさえ消耗品で、放送後、DVDやネット配信で売るのだが、長く売れるものはごくわずかで、そのほとんどが販売してはすぐ消えてゆくか、おびただしい量のソフトの一つとして、ネットの底の方へ埋もれてしまうかである。

今しかない、とみんなが思っている。今儲ければそれでいい、というのが今の商売らしい。本当にそれでいいのだろうか。経済は人の考えを支配する。時計の針のように、気がつけば、自分の命だって消耗品のように思ってはいないか？　使えなくなったらお終い（しまい）という価値観を、自分にも当てはめていないか。経済がそうなら、その価値観に抗うのは難しい。でも、私たちは抗いたいのだ。

人間は死んだら終わりじゃないと言いたい。私自身、亡くなった人から、たくさんの知恵と優しさをもらってきた。私たちは、そんな亡き人の遺産を受け継いで、今、ここに立っている。そういう目に見えない、亡くなった人たちがつくり上げてきた、人間としてどうあるべきか、という道標があったからこそ世の中が回っているのに、気がつけば消費社会の価値観こそがすべてだということになっている。今はまだ、昔の人がつくり上げてきた真っ当な考えが生きているから、世の中は何とか回っているが、数さえ集めれば勝ちという価値観だけでは、ますます格差が広がってゆくばかりで、人々の不満を押さえつけるための締めつけばかりが強化され、金持ちさえも住みにくい世界になるだろう。もう少しだけ、遠くまで見る目を持つことはできないものか。この小説は、そんな気持ちもあって書いたものである。

自分は時計の針じゃないという話は、コロナで社会が停止することを体験した今なら、たくさんの人にわかってもらえるような気がする。それと同じように「さざなみのよる」もまた、みなさんに共感してもらえるのではないか。なら嬉しい限りである。

今回、こんな時期だからこそと、文庫本にするべく奮闘していただいた担当の中山真祐子さん、ありがとう。

本を読んで下さった人たちが、空を見上げるような読書時間だったと思っていただけたのなら、私たちは幸せです。

同じ時間を生きる人たちのために、私たちが死んだ後に生きる人たちのために、もっともっとちゃんとしたものを書いてゆきます。

二〇二〇年九月

木皿　泉

解説　さざなみのさざなみ

片桐はいり

はいり　ああ、久しぶりにオハギ食べたくなっちゃった。エミコおばちゃんのオハギ。いえね、木皿泉さんの作品をやると必ずこういう幸せな偶然があるんですけど、わたしにもエミコって名前の叔母がいましてね、オハギつくるの得意だったんですよ。仙台の人なんで、小豆でなく枝豆でつくる緑色のオハギ。

背理(はいり)　世間にまだ、ずんだ、という概念が広まる前ね。子ども心に、なんだこの不思議な色の甘い食べ物は⁉と思った。……ていうか、なんでいきなり片桐家の叔母さんとずんだの話？　っていうより、なに？　せっかく今、光ちゃんと半世紀後の世界まで連れて行かれて、みぞおちのあたりにさざなみが広がるような余韻にひたっているときに、なんなんですか？　このコーナー。

はいり　すみません。「解説」っていうより、今まさに読み終わった方たちとこのすてきな小説を反芻して楽しめたらなーと思って。食べ終わったごちそうのお皿をなめるような気持ちですね。で、皆さんご存知でしょうけど、木皿泉さんはご夫婦二人組じゃないですか。エッセイでおふたりが会話されている文章を読むのがもう大好きなので、ちょっとやってみたくなっちゃったんです。

背理　すごい度胸だな、本家本元を前にして。

はいり　えへへ。でもそもそもですよ、そもそも本家がお二人なんだから、いくらこっちが二手に分かれたってどうにもなりませんよ。なのでもう一人、お呼びしてみました。笑子ばぁちゃん！

笑子　……

背理　ちょっとぉ！　牛乳飲みながら寝ちゃってるよ。ばぁちゃん、口から白いの出てる！

はいり　……まあまあ。実はこの『さざなみのよる』の前に「富士ファミリー」というドラマがありまして、二〇一六年と二〇一七年のお正月に放映されたわけですが。

背理　片桐が笑子ばぁちゃんの役をやったんです。特殊メイクをして。

はいり　ナスミは小泉今日子さん、鷹子は薬師丸ひろ子さん……。

背理　ちょい待った！　知らないままでいたい人もいるかもしれないよ。

はいり　そうか。じゃあ気になる方はＤＶＤを観ていただいて。

背理　木皿泉さんの小説第一作『昨夜のカレー、明日のパン』は、小説がまず先にあって、後でご自身の脚本でドラマ化されたけど、この『さざなみのよる』はその反対。

はいり　「富士ファミリー」の一作目が完成してその宣伝で神戸のご自宅にうかがった時、片桐が「ひとつの家族の長い長いドラマの最終回みたい」と言ったのが『さざなみのよる』執筆のきっかけだった――

背理　と、ネットに書いてありましたね。

はいり　ドラマはナスミが亡くなったあとのお話で、ナスミは笑子ばぁちゃんにだけ見える幽霊でした。『さざなみのよる』はその前日譚。

背理　と思いきや、飛びこえて未来まで行っちゃった。

はいり　びっくりしたー。でもあらためて読むと、どの人のどんな物語にも最終回なんてない、という気持ちになりますね。

背理　樹王光林の「ホドコシ鉄拳」の最終回だっていちばん最後のコマは「続けッ！」だったしね。そういえば、この小説が本屋さんに並ぶときコメントを書いたよね。

はいり　僭越ながら……。「死後の世界、ってあの世ってことじゃなくて、この世そたっくさんの人の死後の世界なんだ！　そう気づいたら、その辺の空気をかきあつめてむしゃぶりついていた――

笑子　――この世にほほずりしたくなってしもうた」

背理　おっ、ばぁちゃん起きた。ん？　寝言？

はいり　いや、ほんとうに、目からウロコっていうか、あったり前のことなんですけどね、わたしたちが今しゃべってるこの世界だって、今現在生きてる人より、これまでに生きて死んだ人の数の方が圧倒的に多いわけじゃないですか。そりゃもう比べものになんないくらい。この世ってそんな数えきれない、天文学的な数の人たちが生きて死んだ後の世界なんだ、って、この本をぱたと閉じた瞬間ハッてなって、その人たちの吐いた息とか気配が残ってるって思ったらもうたまらなくなって、思わずむしゃぶりついちゃったんですね。

背理　ほんとにワーーーッて言ってた。

はいり　急に満員電車に乗り合わせたような、その中にはもちろん死んだ両親や懐かしい祖父母とかもいるんだけど、紫式部だっているだろうし、「七人の侍」で左卜全（ひだりぼくぜん）がやってた役みたいな人もいるわけでしょう。ぎゅうぎゅうづめで。

背理　で、ほほずりしたくなったと。

はいり　なんか、包まれてる、って感じがしたんですよ。ちょっと、恍惚とした……。

背理　たしかに、今は死んだら人はこの世から消えてなくなる、っていうか気配を感じても見て見ぬふり、みたいなあつかいされてるけど、昔はもっとフツーに、身近にぎゅうぎゅういたんじゃないかな。それこそほっぺたくっつくくらい。

はいり　昔って？

背理　室町時代とか。

はいり　また限定的な。

背理　いやね、『さざなみのよる』もナスミという死者をめぐる物語。『昨夜のカレー、明日のパン』も一樹というやっぱり若くしてガンで亡くなった人がまん中にいて、残された奥さんと血のつながらない義父がそこここに一樹の気配を感じながら一緒に暮らしてて、っていうお話だったでしょ？　ちょっとお能みたいだな、と思って。

はいり　なるほど、夢幻能。世阿弥の時代だ。そうか、お能ってほとんど幽霊が主役だ。

背理　日本のドラマの原型は死者と語ることだった、はずなのに、なんで今はこう目をそむけるものになってるんだろう？

はいり　それをこんなにまっ正面からね、おかしみまじえて語るってそうとう難易度高いはずですよ。難しい顔をひとつもしないでとんでもない離れ業を決めるんですよ、木皿さんは。

笑子　ゼアミッ！

はいり　びっくりした！　えええ？　くしゃみ？

背理　くっさめ、って、狂言師か！　なんだよ、ばぁちゃんどこ行くの？

笑子　ご不浄！

背理　……凶悪な老人だ。

はいり　かろうじて愛嬌はありますけどね。木皿さんにも「脚本(ほん)より凶悪！」って言われました。

背理　でも木皿さんにだって、凶悪？　っていうか凶暴なトコあるでしょ。

はいり　そう！　生きることも死ぬこともしゅくふくするようなものすごく肯定的なお話をつむぎながら、でもどこかでそれをぶっ壊したいと思ってるんじゃないか？というようなことを感じるときないですか？　そういう凶暴な部分が、繊細でほそーい糸でぎりぎりつなぎとめられてる、みたいな危うさがある気がする。

背理　目を輝かせて一心不乱に積み木を積みあげてる子どもが、そのうち大あばれしてせっかく積んだ積み木をメチャメチャにしちゃうんじゃないか、というようなサスペンスね。

はいり だから、ひりひりするんでしょうね。

背理 たしかにね、木皿さんの足もとにある暗い淵、みたいなものの得体の知れなさを感じるときがある。けっしてまっすぐな良い話じゃない。どこか非情でハードボイルドだしね。

はいり 今回びっくりしたのは、愛子さん。まさか生前のナスミとこんな濃い交流があったとは！

背理 ドラマでは、コスプレして「ヒデリ〜ン」とか言ってたもんね。はじめっから「と」の字みたいに口を開けて、バカみたいに笑える人だと思ってた。

はいり ご本人に確かめたわけじゃないけど、読んでて愛子は木皿さんだと思ったんですよ。だって木皿泉さんの奥さんの方、トキちゃん先生の境遇にそっくりなんですもん。お兄さんがいて歳の近い妹さんがいて、まん中っ子の実感がこれでもか！ってくらい書かれてる。

背理 エッセイやインタビューを読むかぎりそう思っちゃうけど。さざなみのみなもとになってる鉛筆けずりを井戸に見たてて「ぽちゃん」と言う遊びも、実際の妹さんとのエピソードじゃないかな。エッセイに書いてあることがホントだとすれば。

はいり　となると、ナスミがこれだけ魅力的に描かれてることも合点がいきますよね。だって、愛子はナスミになりたい、っていうくらいナスミに憧れてたんだから。

背理　ほんと「なーんもできないそのへんのガラの悪い小娘」のくせに、こんなに気のいい、肝がすわった、凸も凹もある好いたらしいキャラクターってそうはいない！

はいり　「いつも笑ってるように見える、そのくせ人を見透かすような瞳」とか「反応がはやいというか、こちらの話をよく聞いてくれていて、歯切れよく返してくれるのが気持ちいい」なんて「あ、小泉さん」って思うけど、その偶像がうまーく取りこまれてみごとにふくらんでる。ナスミや愛子や登場人物のかわいがり方がはんぱないですよね。

背理　二人がお兄さんの童貞喪失を見守るところ、たまらなかったー。

はいり　ね！　思わず「木皿屋！」って唸りたくなっちゃった。

背理　ちょっと見てくる。

はいり　っていうか、ばぁちゃんどうした？　おトイレ行ったきり……

笑子　いダダダダダーッ。

はいり　どうした？　だいじょぶばぁちゃん⁉
背理　えんどう豆目で食べようとしてた！
はいり　もぅばぁちゃんやめてー、ナスミさんはもうそんな無理難題言わないから！
背理　目でえんどう豆噛め！ってナスミに脅されたと思ってるんだよね。ドラマにそんなシーンがあった。オンエアではカットされてたけど。そういや『さざなみのよる』にも出てきたね、えんどう豆。ナスミを妊娠中の和枝さんと若き日の笑子が台所でえんどう豆むいててさ、笑子が捨てられたサヤの中にひからびた豆をみつけるの、あれ切なかったなあ。
はいり　じんじんきましたね。子を生まず更年期を迎えた身としては。
背理　カラダにくるんだよ。木皿さんのお話は。
はいり　そうなんですよ！　木皿泉さんはぜったい肉体派なんですよ。
背理　ん？　どういう意味だ？
はいり　いや、わたしみたいな俳優は肉体労働だから、わかるんですよ、カラダを使って書かれたセリフかそうじゃないセリフか。別に暴れながら書いてるって話じゃないんだけど、なんていうのかなあ、脳みそだけで書かれたセリフって覚えにくいんですよ。ホント。なんとか暗記はできても、出にくい。うまくお芝居できない。すぐN

G出しちゃう。

背理　よくそのせいにして逆ギレしてるよね。「このセリフはカラダを通ってない！」とかって。

はいり　生意気言ってスミマセン。でも木皿さんのセリフは覚えようとしなくても入ってくるし、言おうとしなくても出ちゃうんだもの。たぶん、カラダから出てくるコトバだけで書かれてるんでしょうね、脚本も、小説も。

背理　だからかな『さざなみのよる』でも、なんでだかわかんないのに涙だか鼻水だか出てるときあった。

はいり　カラダが同期しちゃうんですかね。って、うそ！　ばぁちゃんも?!……泣いてるの？

笑子　……

背理　……えんどう豆の塩がしみたんですね……。

はいり　……ていうか、もうこんな枚数！　『さざなみのよる』しゃべりたいことリスト、まだ半分も話してないよー！

背理　映画観に行ったらその時間の倍映画についてしゃべるタチだから。ほっといたら文庫一冊分しゃべっちゃうよ。でも一人二役で会話するってちょっと楽しいね。

ああ、緊急事態で誰にも会えず、誰ともツバを飛ばして語ることができなかった今年の春に思いつけばよかった。

はいり　あらためて、会話する、ってすごいことだと気づきましたよね、いろんな意味で。話題もね、思いもよらないところに転がってくし、ひとりで考えてるんじゃ行けない境地に行けちゃう……って、ん？　木皿泉さんは毎日、常にこの状態、ってことだ！　トキちゃん先生と旦那さんのトムちゃん先生はあのかわいい図書館みたいなお部屋でいつも、あーだこーだずううっとおしゃべりしながら新しい物語を育ててるんだから。

背理　うらやましいな……。この世にこれほど贅沢なことってないね。

はいり　こんな時だからなお、そう思う……。あ、あともうひとつ、これもこんな時だから気づいたことかもしれないけど、わたしもナスミと同じで、生まれてからずうっと上に向かって移動してると思い込んでた。でも落下してたんですね、水面に向かって。

背理　とくに昭和に生まれたわれわれは、生きることは右肩上がりに登っていくことだ、って思ってたよね。経済と同じく。でも、そうじゃなかった。でもそれは、あながち悪いことでもなかった……。

はいり　降りていきましょうよ。たとえ何年かかっても。この山を。
背理　降り続けていきましょう。どんな景色も味わいながら。
笑子　ううう～アンタら！　もういいかげんにエンド豆！
はいり
背理　）おそまつさまでした！

（かたぎり・はいり＝俳優）

本書は、二〇一八年四月に小社より刊行されました。

さざなみのよる

二〇二〇年一一月一〇日　初版印刷
二〇二〇年一一月二〇日　初版発行

著　者　木皿泉（きざらいずみ）
発行者　小野寺優
発行所　株式会社河出書房新社
〒一五一－〇〇五一
東京都渋谷区千駄ヶ谷二－三二－二
電話〇三－三四〇四－八六一一（編集）
〇三－三四〇四－一二〇一（営業）
http://www.kawade.co.jp/

ロゴ・表紙デザイン　粟津潔
本文フォーマット　佐々木暁
本文組版　KAWADE DTP WORKS
印刷・製本　凸版印刷株式会社

Printed in Japan　ISBN978-4-309-41783-7

すいか　1

木皿泉　41237-5

東京・三軒茶屋の下宿、ハピネス三茶で一緒に暮らす血の繋がりのない女性４人の日常と、３億円を横領し逃走中の主人公の同僚の非日常。等身大の言葉が胸をうつ向田邦子賞受賞、伝説のドラマ、遂に文庫化！

すいか　2

木皿泉　41238-2

独身、実家暮らしＯＬ・基子、双子の姉を亡くしたエロ漫画家の絆、恐れられ慕われる教授の夏子、幼い頃母が出て行ったゆか。４人で暮らしたかけがえのないひと夏。10年後を描いたオマケ付。解説松田青子

ON THE WAY COMEDY 道草　平田家の人々篇

木皿泉　41263-4

少し頼りない父、おおらかな母、鬱陶しいけど両親が好きな娘と、家出してきた同級生の何気ない日常。TOKYO FM系列の伝説のラジオドラマ初の書籍化。オマケ前口上＆あとがきも。解説＝高山なおみ

ON THE WAY COMEDY 道草　袖ふりあう人々篇

木皿泉　41274-0

人生はいつも偶然の出会いから。どんな悩みもズバッと解決！　個性あふれる乗客を乗せ今日も人情タクシーが走る。伝説のラジオドラマ初の書籍化。木皿夫妻が「奇跡」を語るオマケの前口上＆あとがきも。

ON THE WAY COMEDY 道草　浮世は奇々怪々篇

木皿泉　41275-7

誰かが思い出すと姿を現す透明人間、人に恋した吸血鬼など、世にも奇妙でふしぎと優しい現代の怪談の数々。人気脚本家夫婦の伝説のラジオドラマ、初の書籍化。もちろん、オマケの前口上＆あとがきも。

くらげが眠るまで

木皿泉　41718-9

年上なのに頼りないバツイチ夫・ノブ君と、しっかり者の若オクサン・杏子の、楽しく可笑しい、ちょっとドタバタな結婚生活。幸せな笑いに満ちた、木皿泉の知られざる初期傑作コメディドラマのシナリオ集。

昨夜のカレー、明日のパン

木皿泉 41426-3

若くして死んだ一樹の嫁と義父は、共に暮らしながらゆるゆるその死を受け入れていく。本屋大賞第２位、ドラマ化された人気夫婦脚本家の言葉が詰まった話題の感動作。書き下ろし短編収録！解説＝重松清。

Q10　1

木皿泉 41645-8

平凡な高校３年生・深井平太はある日、女の子のロボット・Q10と出会う。彼女の正体を秘密にしたまま二人の学校生活が始まるが……人間とロボットとの恋は叶うのか？　傑作ドラマ、文庫化！

Q10　2

木皿泉　戸部田誠（てれびのスキマ）〔解説〕 41646-5

Q10について全ての秘密を聞かされ、言われるまま彼女のリセットボタンを押してしまった平太。連れ去られたQ10にもう一度会いたいという願いは届くのか——八十年後を描いたオマケ小説も収録！

推理小説

秦建日子 40776-0

出版社に届いた「推理小説・上巻」という原稿。そこには殺人事件の詳細と予告、そして「事件を防ぎたければ、続きを入札せよ」という前代未聞の要求が……ＦＮＳ系連続ドラマ「アンフェア」原作！

アンフェアな月

秦建日子 40904-7

赤ん坊が誘拐された。錯乱状態の母親、奇妙な誘拐犯、迷走する捜査。そんな中、山から掘り出されたものは？　ベストセラー『推理小説』（ドラマ「アンフェア」原作）に続く刑事・雪平夏見シリーズ第二弾！

殺してもいい命

秦建日子 41095-1

胸にアイスピックを突き立てられた男の口には、「殺人ビジネス、始めます」というチラシが突っ込まれていた。殺された男の名は……刑事・雪平夏見シリーズ第三弾、最も哀切な事件が幕を開ける！

ダーティ・ママ！

秦建日子　41117-0

シングルマザーで、子連れで、刑事ですが、何か？　——育児のグチをブチまけながら、ベビーカーをぶっ飛ばし、かつてない凸凹刑事コンビ（＋一人）が難事件に体当たり！　日本テレビ系連続ドラマ原作。

サマーレスキュー　～天空の診療所～

秦建日子　41158-3

標高二五〇〇mにある山の診療所を舞台に、医師たちの奮闘と成長を描く感動の物語。ＴＢＳ系日曜劇場「サマーレスキュー～天空の診療所～」放送。ドラマにはない診療所誕生秘話を含む書下ろし！

愛娘にさよならを

秦建日子　41197-2

「ひとごろし、がんばって」——幼い字の手紙を読むと男は温厚な夫婦を惨殺した。二ヶ月前の事件で負傷し、捜査一課から外された雪平は引き離された娘への思いに揺れながら再び捜査へ。シリーズ最新作！

ダーティ・ママ、ハリウッドへ行く！

秦建日子　41273-3

シングルマザー刑事の高子と相棒の葵が、セレブ殺害事件をめぐって大バトル⁉　ひょんなことから葵はトンデモない潜入捜査をするハメに……ルール無用の凸凹刑事コンビがふたたび突っ走る！

ザーッと降って、からりと晴れて

秦建日子　41540-6

「人生は、間違えられるからこそ、素晴らしい」リストラ間近の中年男、駆け出し脚本家、離婚目前の主婦、本命になれないＯＬ——ちょっと不器用な人たちが起こす小さな奇跡が連鎖する！　感動の連作小説。

アンフェアな国

秦建日子　41568-0

外務省職員が犠牲となった謎だらけの轢き逃げ事件。新宿署に異動した雪平の元に、逮捕されたのは犯人ではないという目撃証言が入ってきて……。真相を追い雪平は海を渡る！　ベストセラーシリーズ最新作！

キスできる餃子

秦建日子／松本明美　41613-7

人生をイケメンに振り回されてきた陽子は、夫の浮気が原因で宇都宮で餃子店を営む実家に出戻る。店と子育てに奮闘中、新たなイケメンが現れて……監督&脚本・秦建日子の同名映画、小説版！

マイ・フーリッシュ・ハート

秦建日子　41630-4

パワハラと激務で倒れた優子は、治療の一環と言われひとり野球場を訪ねる。そこで日本人初のメジャー・リーガー、マッシー村上を巡る摩訶不思議な物語と出会った優子は……爽快な感動小説！

KUHANA!

秦建日子　41677-9

１年後に廃校になることが決まった小学校。学校生活最後の記念というタテマエで、退屈な毎日から逃げ出したい子供たちは廃校までだけ赴任した元ジャズプレイヤーの先生とビッグバンドを作り大会を目指す！

サイレント・トーキョー

秦建日子　41721-9

恵比寿、渋谷で起きる連続爆弾テロ！　第３のテロを予告する犯人の要求は、首相とのテレビ生対談。繰り返される「これは戦争だ」という言葉。目的は、動機は？　驚愕のクライムサスペンス。映画原作。

ブルーヘブンを君に

秦建日子　41743-1

ハング・グライダー乗りの蒼太に出会った高校生の冬子はある日、彼がバイト代を貯めて買った自分だけの機体での初フライトに招待される。そして10年後――年月を超え淡い想いが交錯する大人の青春小説。

トップナイフ

林宏司　41726-4

「コードブルー」など数々の医療ドラマ脚本を手がけた林宏司による、初小説。脳外科医として日夜戦う４人の医師を描く究極のヒューマンドラマ！　日テレドラマ「トップナイフ－天才脳外科医の条件－」原作。

最高の離婚　2

坂元裕二　41301-3

「離婚の原因第一位が何かわかりますか？　結婚です。結婚するから離婚するんです」日本民間放送連盟賞、ギャラクシー賞受賞のドラマが、脚本家・坂元裕二の紡いだ言葉で甦る——ファン待望の活字化！

Mother　2

坂元裕二　41332-7

「お母さん……もう一回誘拐して」室蘭から東京に逃げ、本物の母子のように幸せに暮らし始めた奈緒と継美だが、誘拐が発覚し奈緒が逮捕されてしまう。二人はどうなるのか？　伝説のドラマ、初の書籍化！

問題のあるレストラン　1

坂元裕二　41355-6

男社会でポンコツ女のレッテルを貼られた７人の女たち。男に勝負を挑むため、裏原宿でビストロを立ち上げた彼女たちはどん底から這い上がれるか⁉　フジテレビ系で放送中の人気ドラマ脚本を文庫に！

問題のあるレストラン　2

坂元裕二　41366-2

男社会で傷ついた女たちが始めたビストロは、各々が抱える問題を共に乗り越えるうち軌道にのり始める。そして遂に最大の敵との直接対決の時を迎えて……。フジテレビ系で放送された人気ドラマのシナリオ！

おらおらでひとりいぐも

若竹千佐子　41754-7

50万部突破の感動作、2020年、最強の布陣で映画化決定！　田中裕子、蒼井優が桃子さん役を熱演、「南極料理人」「モリのいる場所」で最注目の沖田修一が脚本・監督。すべての人生への応援歌。

カルテット！

鬼塚忠　41118-7

バイオリニストとして将来が有望視される中学生の開だが、その家族は崩壊寸前。そんな中、家族カルテットで演奏することになって……。家族、初恋、音楽を描いた、涙と感動の青春＆家族物語。映画化！